KB080502

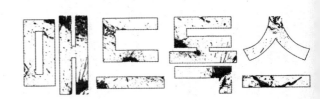

매드독스 7권

초판1쇄 펴냄 | 2017년 06월 08일

지은이 | 까마귀
발행인 | 성열관

펴낸곳 | 어울림 출판사
출판등록 / 2009년 1월 23일 제313-2009-12호
주소 / 경기도 고양시 일산동구 장항동 731 동하넥서스빌딩 307호
TEL / 031-919-0122
FAX / 031-919-0127
E-mail / 5ullim@hanmail.net

ISBN 978-89-992-4070-6 (04810)
ISBN 978-89-992-3821-5 (SET)

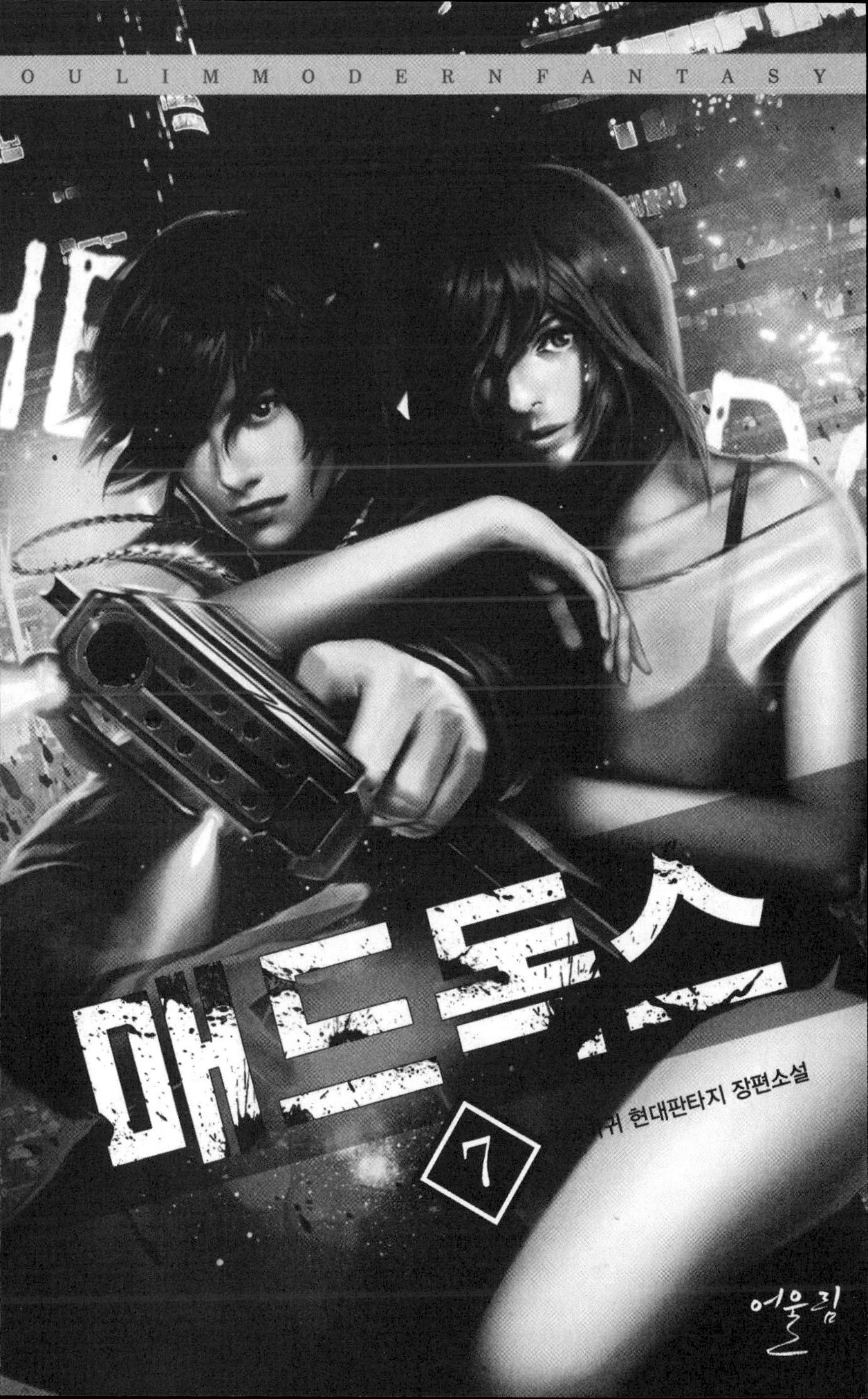
O U L I M M O D E R N F A N T A S Y
매드독스
7
귀 현대판타지 장편소설
어울림

목차

필독

　본 소설에 등장인물과 사건 및 특정용어에 대해선 현실과
전혀 무관합니다. 오로지 작가의 머릿속에서 나온 상상력이
니 오해가 없으시길 부탁드립니다.

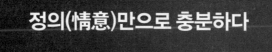

정의(情意)만으로 충분하다

　며칠이 지났다. 서울에 있는 광장들은 밤낮을 가리지 않
고 수많은 사람들로 붐볐다.

　[국민들은 며칠째 노진현 대통령을 향해 진실규명을 외
치고 있습니다. 3일 전, 청와대는 진실을 밝히기 위해 검
찰특별수사팀에서 수사 중이라고 밝혔습니다. 이대로라
면 국민들의 반발이 더욱 거세질 거라 예상됩니다.]

　그 와중에 국회의원 김태선이 나서서 일장연설을 토해냈
다.

[대한민국 국민 여러분! 한 사람의 국회의원으로서 편파적인 성향을 가져선 안 된다고 생각했습니다! 하지만 국민들의 실망을 져버릴 수는 없었습니다. 이 김태선이 국민들을 대변하여 노 대통령의 진실을 반드시 밝혀내겠습니다!]

차준혁은 인상을 쓰며 음소거로 바꾸었다.

옆에 서 있던 신지연은 불만이 가득한 얼굴이었다.

"왜 그래요?"

"아직 제대로 된 사실도 안 나왔는데 너무한 것 같아서요."

예산 운영이 불투명할 뿐, 실질적으로 어디에 쓰인 것인지는 나오지 않았다. 그 탓에 검찰에서도 수사의 갈피를 잡지 못한 채 시간만 끌고 있었다.

그래서 국민들은 점점 더 광장으로 나와 진상규명의 요구를 외쳐대기 바빴다.

"아마도 누가 선동하는 걸 겁니다."

"선동이요?"

현직 대통령 탄핵결의 제안에 모순점이 많았다. 그것은 차준혁이 회귀하기 전에도 마찬가지였다.

하지만 노진현은 아무런 변명도 하지 않고 스스로 하야하여 대통령 직위를 내려놨다.

이대로라면 그때와 다르지 않을 것이다.

"자료의 출처가 드러나지 않았잖아요."

"출처라면……."

뭔가 말하려던 신지연은 말을 잇지 못했다. 그녀가 생각하기에도 자료의 출처가 방송된 적이 없었기 때문이다.

"그러고 보니 정말 나오지 않았어요!"

사람들의 불만이 거세지기만 했다.

모든 이들이 이러한 중요한 점을 놓쳐버렸다.

"누가 봐도 의도적이지 않나요? 국회의원들과 방송사들에게 뿌려진 것만 봐도 그렇잖아요."

"하지만 누가……."

"지금 국민들을 선동하는 사람이겠죠."

차준혁은 음소거가 된 TV로 다시 시선을 돌렸다.

화면에는 쉬지 않고 연설해대는 국회의원 김태선의 모습이 비춰졌다.

"저 사람이요?"

김태선은 노진현 대통령이 하야하고 다음 대통령으로 취임한다. 호소를 빙자한 선동으로 국민들의 신뢰를 얻어 지지자들을 잔뜩 끌어 모은 것이다.

차준혁은 지금과 같은 상황에서 자신이 모르는 무언가가 더 있다는 예감이 들었다.

'고작 재선의원인 김태선이 대통령에 오르려면 혼자 힘만으로는 불가능해. 그렇다면 배후에 누군가 있었다는 말

인데…….'

처음부터 사회적 지위가 있었다면 모를까. 국선변호사로 시작한 김태선에게 그런 줄이 있을 리가 없었다.

반대로 생각해보면 없던 줄이 생겼다는 의미였다.

'설마… 골드라인? 하지만 내가 IIS에 있을 당시에 주목표가 골드라인의 기업들이었는데?'

배후가 골드라인이라면 대통령이 된 김태선은 그들을 노리지 못했다. 자신을 대통령으로 올려준 이들을 감히 물수 없었기 때문이다. 점점 모순과 모순이 맞물리면서 차준혁의 머릿속으로 한 가지 가정이 성립됐다.

'설마… 김태선이 배후를 집어삼킨 건가?'

차준혁은 회귀 전의 기억을 또렷하게 떠올려봤다.

미래에서 김태선은 청렴한 대통령으로서 임기를 마무리했다. 그 후에도 정계로는 다시 몸을 담그지 않아 국민들에게도 큰 신뢰를 얻었다. 그런 이유 때문에 IIS에서도 감시 제외 명단으로 지명되어 있었다.

'그래서 노마크였지.'

지금 생각해보니 그때의 상황은 너무 이상했다.

"무슨 생각을 그렇게 하세요?"

"예?"

잠시 동안 차준혁의 표정이 이상해지자 신지연이 궁금해하면서 물었다.

"김태선 의원을 보면서 얼굴을 잔뜩 구기셨잖아요."

"그랬나요? 그냥 생각 좀 했어요."

"뭔데요?"

"저 사람이 정말로 괜찮은 사람인가 하고요."

차준혁이 TV 속 김태선을 가리키자 신지연은 고개를 갸웃거렸다.

"김태선 의원은 정당 중에 제일 보수적이었던 한민국당을 개혁시킨 유명한 사람이잖아요. 그런 사람이 왜요?"

신지연도 그를 나쁘게 보지 않았다.

하지만 지금 차준혁의 눈에는 누구보다 뿌연 안개로 가려진 사람처럼 보였다.

"확인을 좀 해봐야 할 것 같아요."

차준혁은 그대로 정보팀으로 내선전화를 걸었다.

—바빠 죽겠는데 무슨 일이야!

구정욱이나 지경원과 달리, 이지후만큼은 상하관계 없이 말을 막 던졌다.

"국회의원 김태선에 대해 조사해줘."

—김태선? 국회의원? 그게 누군데?

이지후는 정치에 대해 전혀 관심이 없었다.

"주변 사람들한테 물어보면 알 거다."

뚝!

그렇게 전화를 끊자 신지연이 조심스럽게 물었다.

"누구한테 전화 거신 거예요?"

스피커폰이었기에 그녀도 전화 내용을 전부 들었다.

"정보팀 이지후 팀장이요."

"모이라이에 그런 팀도 있었어요?"

신지연은 비서로 일하면서 모이라이의 모든 부서와 팀을 확인했지만 정보팀이란 곳은 처음 들었다.

"아, 직접 가본 적이 없어서 몰랐겠네요. 저도 정보팀에 대해서 말해주고 싶지만 모이라이 내에서도 기밀인 곳이라… 더 이상은 말해줄 수 없어요."

정보팀은 차준혁과 더불어 모이라이의 중추였다.

거기다 일반적인 시점에서 보면 불법사찰 조직과도 같은 팀이니, 신지연에게도 보여주기가 꺼려질 수밖에 없었다.

"저한테는 숨기지 않기로 했잖아요."

"미안하지만 정말 안 돼요."

우우우웅! 우우웅!

그러던 중에 신지연의 핸드폰이 울렸다.

액정을 확인한 그녀의 표정이 살짝 굳었다.

"잠깐만요."

중요한 전화인지 신지연은 사무실 밖으로 나가 받았다.

그러나 오래 걸리지 않아 다시 들어왔다.

"대표님."

"둘이 있을 때는 편하게 불러도 된다고 했잖아요."

"그보다… 중요한 일이 생겼어요."

신지연의 표정은 어느 때보다 진지했다. 이에 차준혁은 무슨 문제가 생긴 줄 알고 그녀를 빤히 쳐다봤다.

"무슨 일인데요?"

"상부에서 지금 대표님을 만나주겠다고 했어요."

그녀가 말한 상부는 겨레회의 장로들을 말함이었다.

"그래요?"

차준혁은 계속 궁금했던 것을 해소할 수 있겠다고 생각했다.

'잠깐. 그럼 이럴 때가 아니지.'

그는 자신의 핸드폰을 꺼내 어디론가 메시지를 보내두었다. 그런 모습을 보던 신지연은 다시 입을 열었다.

"거기서 차를 보내주겠다고 했어요."

"알았어요. 만나겠다고 전해줘요."

1시간 정도 지나자, 회사 앞으로 검은 승용차 한 대가 도착했다. 선글라스를 쓴 덩치 큰 운전수와 조금 얍삽하게 생긴 사내가 차준혁을 마중 나온 것이다.

"굳이 이걸 꼭 해야 합니까?"

뒷좌석에 올라탄 차준혁은 신지연이 내민 검은 주머니를 받으면서 물었다.

눈을 가려 어디로 가는지 모르게 만들기 위해서였다.

"저도 착용해야 하는걸요."

목적지는 겨레회의 아지트 중 하나였다.

장로들이 직접 만나주겠다고 했지만 차준혁을 100% 신뢰한 것은 아니기 때문에 알려줄 수 없었다.

이에 차준혁도 일리가 있다고 생각했다.

"알았어요."

투덜거리던 차준혁은 복면을 착용한 뒤 팔을 꼬고 앉았다. 그러자 차는 곧장 출발해 도로를 달렸다.

차는 1시간 정도를 달려 겨레회의 지하 아지트가 있는 폐건물 앞에서 멈췄다. 차준혁은 검은 주머니를 뒤집어쓴 채로 조심스럽게 계단을 내려갔다.

'지하…? 주변으로 풀 냄새가 잔뜩 나는데?'

그는 이미 초감각으로 주변상황을 파악하는 중이었다.

콩고에서의 전력전투로 감각을 컨트롤하는 것이 제법 익숙해진 덕분이었다. 그사이, 두 사람을 안내해준 사내가 발걸음을 멈추고 말했다.

"장로님들은 차준혁 씨, 혼자서 만나셔야 합니다."

말을 마친 사내는 신지연을 다른 곳으로 데려가려고 했다. 이내 차준혁은 걱정될 수밖에 없었다.

"지연 씨. 괜찮겠어요?"

그러자 신지연은 겁먹지 않은 목소리로 대답했다.

"저는 괜찮으니까 잘 만나고 오세요."

"무슨 일이 생기면 소리쳐요."

그와 동시에 차준혁은 정신을 집중하여 신지연의 발자국 소리를 놓치지 않았다.

"이제 벗으셔도 됩니다."

차준혁이 방 안으로 들어가자 사내가 문을 닫으면서 말

했다. 그렇게 문이 닫히자 차준혁은 검은 주머니를 곧바로 벗었다. 사방이 아이보리색의 벽으로 이뤄진 15평 정도의 방이었는데, 가운데 소파와 테이블도 있었다.

차준혁은 털썩 앉으면서 중얼거렸다.

"…지연 씨가 들어간 곳은 옆방인가?"

신지연의 발자국 소리가 이어진 방향은 바로 벽 너머였다. 미약하게 증폭시킨 청력으로 확인한 것이니 틀릴 리가 없었다.

"설마… 같은 편끼리 붙잡고 협박하진 않겠지?"

그녀를 데려간 이에게서 살기가 느껴지지는 않았다.

물론 신지연에게 나쁜 짓을 하려 했다가는 주머니를 쓴 채 사내들을 쓰러트렸을 것이다.

"바로 옆방이니 문제는 없겠지."

조용히 중얼거린 차준혁은 소파에서 일어나 신지연이 들어간 방 쪽으로 다가섰다.

콩. 콩.

"꽤 단단해 보이는데? 웬만해서는 부서지지 않겠어."

차준혁은 여차하면 부수고 넘어가볼까 했다.

하지만 태무도의 태중으로 아무리 무게를 싣는다 해도 힘들 것 같았다.

똑똑.

그때 노크 소리가 들리더니 2명의 중년인들이 방으로 들어왔다. 사내들을 본 차준혁은 표정이 살짝 굳었다.

'임진환 회장과 서승원 국방부장관?'

두 사람이 겨레회의 장로라고는 생각도 못 했기 때문이다.

"오랜만입니다. 차준혁 대표님."

그사이 서승원이 먼저 손을 내밀었다.

차준혁이 그 인사를 받자 임진환도 인사를 청했다.

"처음 뵙겠습니다. 명천그룹의 임진환입니다. 진즉에 찾아뵜었어야 했는데… 이렇게 되는군요."

명천그룹은 모이라이와 전략적 협력관계에 있었다.

특히 임진환에게는 모이라이가 기업의 은인이기 때문에 더욱 진심을 담아 말했다.

"두 분이 겨레회의 장로였다니… 정말 의외로군요."

솔직히 차준혁은 비밀결사라 해서 경찰청과 검찰청으로 한정되었을 거라 생각했다. 추적한 메일도 대부분 그쪽이었으니 말이다. 하지만 국방부 장관과 대기업 회장이 연루되어 있으니 그 규모를 가늠하기가 힘들었다.

"우리도 당신을 보고 많이 놀랐습니다. 청와대와 경찰청의 제안을 거절하고, 갑자기 모이라이의 대표가 되다니… 어떻게 그럴 수가 있습니까?"

"그거야 차차 이야기하면서 설명해드리죠. 물론 겨레회가 어떤 곳인지 제대로 알게 된다면 말이지요."

조금 건방져 보일 수도 있는 대답이었다.

그럼에도 두 사람은 옅은 미소를 지어 보였다.

"일단 겨레회에 대해서 어떻게 알았는지 말씀해주실 수 있습니까?"

상황이 급박했지만 겨레회로서는 자신들의 정체가 잡힌 흔적부터 해결해야 했다. 그래야 차준혁과 손잡지 않더라도 그 문제점만큼은 보완할 수 있었다.

"메일 안에 $, %, &의 획수를 기반으로 한 코드를 숨겨 변환기로 진짜 메시지를 바꾸는 방법 맞습니까?"

암호메일은 겨레회에서 극비였다.

그런데 그것을 차준혁이 정확하게 알고 있자 두 사람의 얼굴은 더욱 굳어질 수밖에 없었다.

"어떻게 알아낸 겁니까…? 그보다 우리 메일들을 해킹했습니까? 하지만 흔적은 없었는데…….'

서승원은 도저히 믿기지 않는다는 표정이었다.

애초부터 그 정보는 메일을 가지고 있지 않으면 알아낼 수 없었다. 물론 겨레회 내에서 우수한 해커가 메일을 주기적으로 확인했다. 하지만 지금까지 침입 흔적은커녕 문제점조차 발견되지 않았다.

"저만의 방법이 있죠. 그리고 현재 암호코드 메일은 큰 단점이 있습니다. 코드 분석기로 메일 링크 파일만 돌려봐도 나오니까요."

겨레회에서는 메일 내용 자체에서 코드를 뽑아내는 전문 프로그램을 사용하고 있었다. 때문에 차준혁이 말한 방법은 한 번도 시도해보지 않았다.

"그런 단점이 있었다니… 차준혁 대표는 그걸 우연히 알아냈다는 말입니까?"

절대로 우연일 리가 없었다. 물론 겨레회라는 이름과 메일의 암호코드가 IIS와 같다는 것은 우연히 알아내긴 했다. 그러나 그 뒤로는 완벽하게 다분히 의도적이었다.

메일코드를 모두 분석하고 겨레회 일원으로 의심되는 경찰관계자들을 추려냈다. 하지만 점조직이란 특성 때문에 특별한 점을 발견하기가 힘들었다.

"그렇다고 말해도 믿지 않으실 것 아닙니까."

딱히 도발할 의도는 아니었다.

그러나 서승원의 입장에서는 국방에 구멍이 뚫린 것이나 마찬가지였다. 서승원은 당연히 화가 났지만 지금 기분을 그대로 표현할 수도 없었다.

"크음……!"

결국 크게 헛기침을 한 서승원이 차준혁을 뚫어지게 처다봤다.

"이제 설명해드렸으니 겨레회에 대해 말씀해주시죠. 대체 어떤 조직인 겁니까?"

"전부 알 것 같던 당신도 모르는 것이 있군요."

겨레회는 70년이 넘게 베일에 싸인 조직이었다. 메일코드를 파악하긴 했지만 경찰청 내에만 돈 것뿐이고, 국정원 사건 이후로 주요내용은 직접 만나거나 지금의 아지트에서 전달되었다. 아날로그적인 철벽시스템 때문에 차준혁

도 그 이상을 알아내기는 힘들었다.

"한 번 해보고 싶으신 겁니까?"

그 순간 차준혁은 급격하게 살기를 뿜어냈다.

고요하던 방 안의 분위기가 급속도로 달라지자 서승원과 임진환의 표정이 굳어졌다.

"절대로 평범한 사업가는 아니로군요."

서승원은 차분하면서도 서늘해진 차준혁의 분위기를 온몸으로 느끼면서 말했다.

이에 차준혁은 시계를 확인하면서 입을 열었다.

"농담하려고 여기 온 게 아닙니다. 아, 여기 주소가 경기도 양평군 양평읍 맞죠?"

대략적인 주소가 흘러나오자 그들의 얼굴은 더욱 일그러졌다.

"GPS 위치를 확인할 수 있는 시계입니다. 저희 직원들이 제 걱정을 워낙 많이 해서 말이죠."

차준혁은 자신의 손목에 채워진 시계가 제대로 보이도록 그들에게 내밀었다. 직경 4cm 정도의 화면에 빨간 점이 찍힌 지도가 나타나 있었다.

바로 그곳이 차준혁의 현재 위치였다.

"…도대체 당신은 정체가 뭡니까?"

"제 정체보다… 테이블 모서리에서 손부터 떼시죠."

지금 서승원은 차준혁이 말한 위치에 손을 대고 반쯤 일어난 상태였다. 차준혁은 그 밑으로 비상벨이 달렸다는 것을 이미 알고 있었다.

"그걸 누르신다면 저도 이걸 누르죠. 이미 저를 따라와 대기 중인 모이라이 보안팀이 들이닥칠 겁니다."

차준혁은 시계의 버튼을 보이면서 말을 이어나갔다.

"아, 참고로 대부분 전직 국정원 및 특수부대 출신이니 여기 있는 인원만으로는 상대하기 힘들 겁니다."

처음부터 차준혁은 적지일지도 모르는 곳에 단신으로 올 생각이 없었다. 그래서 신지연과 같이 차를 기다릴 때 이 지후에게 메시지를 보냈다.

GPS시계는 미리 착용했고, 그 뒤로 보안팀까지 따라붙 게 만들었다. 완전히 만반의 준비를 갖춰 놓은 것이다.

"……."

"이제 말씀해주시죠. 겨레회는 어떤 곳입니까? 대답여 하에 따라 두 분은 여기서 살아 나가지 못할 수도 있습니 다."

차준혁은 어떤 때보다 진지했다.

겨레회가 권력과 무력을 가지고 약자를 찍어 누르는 조 직이라면 곧장 부숴버릴 생각이었다.

"농담 같으시면 눌러보시든가요."

"우리는 당신과 척을 질 생각이 없습니다."

"그럼 설명해주시죠. 아니면 설명하지 못할 이유라도 있 는 겁니까?"

겨레회는 대한민국을 수호하기 위한 애국의 긍지를 가진

비밀결사였다. 이대로 말해준다면 협박에 굴복하는 것밖에 되지 않았다. 하지만 서승원은 테이블에서 손을 떼더니 소파에 앉아 깊숙하게 기댔다.

"말해드리죠."

차준혁의 말이 절대로 거짓이 아니라는 것을 느꼈기 때문이다.

"겨레회는 광복 이후 창설된 비밀결사로, 친일파를 찾아내 숙청하기 위한 일을 주목적으로 두고 있습니다."

"그렇다면… 70년 정도 되었겠군요."

대략적인 계산으로 알 수 있었다.

"우리는 그때부터 몇 대에 걸쳐 친일파들을 찾아내거나 정의구현을 위해 노력해 왔습니다."

"12년 전에 벌어진 국정원 사건은 어떻게 된 거죠? 당신들이 정체를 들킬까봐 잘라낸 것입니까? 아니면 국정원에서 당신들을 알아내 숙청한 것입니까?"

서승원은 차준혁이 겨레회의 아픈 구석을 찌르자 미간이 내 천(川)자를 그렸다.

"국정원에게 당한 일입니다."

"겨레회의 수뇌부는 임진환 회장님과 장관님, 둘뿐인가요? 누가 더 있죠?"

차준혁의 질문이 이어지자 서승원은 깊은 한숨을 내쉬었다.

"하… 우리가 왜 거기까지 말해주어야 하는 겁니까?"

다른 것도 아닌 겨레회 내부에 대한 정보였다. 차준혁에게 도움을 요청하는 것이기도 하지만 자세한 사항은 겨레회의 약점이 될 수 있었다. 특히 다른 것도 아니고 장로들의 정체는 간부들까지만 알고 있는 기밀이다. 그리고 다섯 명의 장로 중 임진환과 서승원이 얼굴을 내민 것도 그나마 차준혁과 관계된 사람들이었기 때문이다.

"대통령을 돕기 위해서라면 말씀해주셔야 하지 않을까요? 아닙니까?"

국방부 장관 서승원이 장로 중 한 명이고, 차준혁에게 도움을 요청한 것이니 국가와 관계된 일일지도 올랐다.

그런 서승원과 관계된 국가 문제가 무엇이 있을까.

당연히 최근 벌어진 국방부 예산 운영과 관계된 대통령의 횡령 혐의였다. 차준혁은 그의 등장과 함께 겨레회에 누가 더 속해 있는지 알 수 있었다.

"대체 당신이 어디까지 보고 있던 건지 모르겠군요."

그 말처럼 서승원은 난감한 상태였다.

노진현 대통령은 의원들의 탄핵결의안이 통과되면서 완전히 궁지에 몰리고 있었기 때문이다.

끝내 대통령을 설득해서 차준혁을 만나게 되었다.

당연히 차준혁의 입장에서는 너무나도 절묘했다.

"일단은 전부 보고 있다고 생각하시면 됩니다. 그보다…… 대답해주시죠. 제 도움이 필요하십니까?"

아직 장로에 대한 대답을 듣기 전이었지만 차준혁은 서

승원이 위험하지 않다고 판단을 내렸다.

그가 버튼을 누를지 말지 하는 중요한 결정에서 한발 뒤로 물러섰기 때문이다.

"어떻게 도와주실 수 있으십니까?"

"일단 대통령이 예산을 이중으로 운영한 자금은 저희 쪽에서 지원해드리죠. 물론 문제가 없도록 국방부에서 분배한 예산에 맞춰서 말입니다."

그렇게만 되면 1차적으로 불투명 자금에 대한 혐의의 결정적인 증거가 사라진다.

"지원금도 좋지만… 정작 중요한 문제가 있습니다."

서승원은 의원들에게 흘러들어간 3,000억의 신무기 개발 자금의 결과가 걱정되었다. 물론 차준혁도 예상했다.

"신무기 개발은 저희 MR테크에서 울린지로 개발한 방탄복과 경찰들이나 테러진압팀에서 쓸 수 있는 라버건으로 대처하죠. 참고로 기존 방탄복보다 5배의 효과와 3배가 경량화된 장비입니다."

라버건은 차준혁이 콩고에서 사용했던 고무탄두로 만들어진 탄환을 사용하는 권총이었다.

서슴없이 흘러나오는 차준혁의 대답에 조용히 앉아 있던 임진환도 놀랄 수밖에 없었다. 협력관계인 명천그룹에서도 모이라이가 거기까지 준비 중일 줄은 꿈에도 생각 못했기 때문이다.

"그런 걸 대체 언제부터……."

당연히 서승원도 믿지 못했다.

물론 올린지에 대해서는 대략적으로 알고 있었다.

하지만 방탄복으로도 사용될 수 있는지는 몰랐다.

"당신들도 패를 보여줬으니 저도 까드리죠. 제 목표는 해명그룹과 그 휘하에 있는 남송과 천환그룹, 용진로펌. 그리고 아직 정체를 알 수 없는 배후입니다."

골드라인은 회귀 전에도 정재계를 흔들던 기업조직이었다. 그러나 대통령의 자리까지 직접적으로 탐내지는 않았다. 대통령은 재력이 있는 이들에게 제일 불편한 자리였다. 차라리 누군가를 대신 앉혀 놓고 조종하는 것이 편할지도 몰랐다.

차준혁은 그 인물이 김태선이라고 생각했다. 반면에 서승원은 대기업들의 이름이 거론되자 이해하지 못했다.

대신 임진환의 표정은 가닥을 잡은 것 같았다.

"역시 그들이 뭔가 계획을 세웠다는 말이군요."

"방금 말씀드린 그룹들은 자신들을 골드라인이라 부릅니다. 대한민국 정권을 집어삼키려는 조직이죠."

임진환은 겨레회의 자금을 도맡으면서 기업을 운영해 왔다. 그러다 어이없게도 동료라 생각했던 기업들에게 뒤통수를 맞게 되었다.

만일 모이라이가 도와주지 않았다면 명천그룹은 궁지에 몰려 지금쯤 완전히 무너졌을지도 몰랐다.

"참고로 골드라인의 수장은 해명그룹의 박해명 회장입

니다. 그의 입장에서는 자신보다 기업 서열이 높았던 임진환 회장님, 당신이 걸림돌이었을 겁니다."

차준혁은 거기서 말을 멈추지 않았다.

"아무튼 이 정도면 지금 상황을 진정시킬 수 있지 않겠습니까?"

차준혁이 내민 조건이라면 불투명했던 예산 운영의 절차를 확실하게 밝혀 노진현 대통령의 탄핵을 철회시킬 수 있었다.

"겨레회에 대해 믿어주는 겁니까?"

솔직히 광복 이후 세워졌다는 비밀결사나, 그간 친일파를 숙청해 왔다는 설명이 거짓일지도 몰랐다. 눈앞에 증거를 보여준 것도 아니고, 오로지 말뿐이었으니 믿지 않아도 그만이었다.

물론 차준혁도 바보는 아니니 잘 알고 있었다.

"만약 지금까지 한 말이 전부 거짓말이라면… 제가 직접 부수면 됩니다."

겨레회는 모르고 있지만 모이라이의 숨겨진 재력은 이미 수백조를 넘어섰다. 울린지 상품 판매에 대한 이윤과 해외로도 운영되는 주기적인 투자가 계속 수입을 만들어내 이익이 멈추지 않은 덕분이었다.

"물론 쉽지 않겠지만 틈만 보인다면 어떻게든 비집고 들어갈 수 있을 겁니다. 그게 누구든, 어느 기업이든지 말입니다."

지금처럼 흔들리는 겨레회라면 충분히 가능했다.

이에 서승원과 임진환은 침을 삼켰다. 정말로 가능할 것 같았기 때문이다.

"제 손을 잡으시겠습니까? 그렇다면 IIS도 제대로 창설할 수 있도록 도와드리죠."

IIS는 아직 공식적으로 발표되지 않았고, 대통령과 그만이 알고 있던 이름이다. 서승원에게는 지금까지 그 어떤 이야기보다 더욱 놀랄 일이었다.

"그 이름을 어떻게……?"

"중요한 것은 그게 아닙니다."

정말로 문제되지 않았다. 차준혁은 자신이 무너뜨리려 했던 곳 중에 한 곳이었던 IIS를 다시 회생시켜 사용하려 했기 때문이다.

"IIS만 제대로 창설된다면 정부는 절대로 뚫리지 않는 방패와, 무엇이든 뚫을 수 있는 창을 가지게 될 테니까요."

차준혁의 미래에서 IIS는 정말로 그러했다.

기업들의 부정을 찾아 정부의 의도대로 움직였다.

물론 쉽지 않은 기업들도 있었다. 그런 곳은 IIS의 요원들이 움직여 계획적인 공작까지 벌였다.

어떤 식이든 약점을 만들어내기 위해서였다. 당시 차준혁 또한 그것이 국가를 위한 정의인 줄 알았다.

하지만 회귀하고 나서는 그때의 일들이 잘못되었다는 것

을 깨우쳤다.

"제 손을 잡으시겠습니까?"

다시 질문을 던진 차준혁은 그들에게 미소를 지어 보였다.

○○

경기도 양평군 양평읍 공항리.

차준혁이 장로들과 대화 중인 겨레회의 아지트 근처였다. 이지후는 그 인근에 세워진 대형 작전 차량 안에서 마이크에 대고 크게 말했다.

"여기는 M Zero 상황해제. 상황해제."

"뭐… 하시는 겁니까?"

보안팀장 정진우는 어이없다는 듯이 그를 쳐다보며 물었다.

"영화 보면서 꼭 한 번 해보고 싶었거든요."

"그냥 말씀하시면 됩니다. 모두 철수."

이에 정진우가 그가 쥔 마이크를 뺏어 다시 말했다.

그러자 화면에 표시된 지도에서 폐건물 주위로 움직이지 않았던 GPS의 빨간 점들이 썰물 빠지듯이 움직이기 시작했다. 보안팀원들이 약속되지 않았던 무전 때문에 당황하다가 정진우의 목소리를 확인하고 움직인 것이다.

"쳇! 영화보다 너무 현실적이잖아!"

이에 이지후는 실망했다는 듯이 혼자 투덜거렸다.

반면 정진우는 걱정이 가득한 표정을 짓고 있었다.

"그보다… 대표님 말입니다. 무모하신 것 아닙니까?"

"준혁이가 왜요?"

"지난번에 조폭들을 상대했을 때도 그렇고, 이번에는 정체를 알 수 없는 비밀결사의 아지트입니다. 몸을 제일 보전하셔야 할 분이 너무 위험한 행동만 하십니다."

그는 보안팀장으로서 차준혁을 진심으로 걱정했다.

물론 자신과 동료들을 일반기업보다 높은 연봉에 취직시켜준 이유도 있었다. 하지만 차준혁이 스스로 이룬 것들을 보면서 이제는 존경심마저 생겨났다.

그러니 당연하게 걱정될 수밖에 없었다.

"저 녀석이 무모한 일하는 게 한두 번인가요. 그리고 잘 해결됐으니 됐잖아요."

"오히려 그런 결과가 걱정입니다."

"걱정하지 말아요. 뭐, 그래도 보안팀에서 준혁이를 잘 지켜봐줘요."

연장자의 조언은 흘려듣지 말라고 했다.

이지후는 그런 정진우의 걱정을 대충 듣지 않고 나름대로 같이 걱정해주었다.

서울 한복판에서의 국민들 집회는 여전했다. 국민들은 대통령에 대한 불신을 촛불로 대신하고 있었다.

그사이 국회의원 김태선은 한구석에 세워진 트럭 위로 올라가 목이 터져라 외쳐댔다.

"국민 여러분! 우리는 진실만을 원할 뿐입니다! 그건 저도 마찬가지입니다! 누구나 진실을 원할 자격과 권리가 있습니다!"

얼마나 크게 소리쳐대는지 그의 목옆으로 굵직한 핏대가 섰다.

"대통령은 그런 우리들에게 진실을 말해주어야 합니다. 저도 한 사람의 국회의원으로서 지금과 같은 현실이 믿기지 않기에! 국민 여러분들과 모든 것을 함께할 것입니다!"

"와아아아아—"

김태선의 지지자들이 환호성을 외쳐댔다.

그렇게 그들이 선동하자 다른 사람들도 호응하며 촛불이 들린 손을 머리 위로 들어올렸다.

"저도 지금은 한 사람의 국민으로서 외치겠습니다! 대통령께서 사라진 3,000억에 대해 직접 말씀해주시길 여기서 같이 기다리겠습니… 콜록! 콜록!"

김태선은 너무 심하게 외쳐댔는지 격한 기침소리와 함께 고개를 숙였다.

"피?!"

"꺄악!!!"

기침으로 인해 입을 가린 그의 손바닥 사이로 붉은 피가 흘러내렸다. 그 광경에 국민들과 지지자들은 깜짝 놀라면서 걱정했다.

"의원님! 괜찮으십니까!"

이에 옆에 서 있던 보좌관이 급히 다가가 부축하더니 차량 옆으로 세워진 임시 천막으로 데리고 들어갔다.

사람들은 김태선 의원의 뒷모습을 측은하게 쳐다봤다.

한편, 천막으로 들어간 김태선은 간이의자에 쓰러지듯이 앉았다.

"물티슈, 여기 있습니다."

그사이 입구가 완전히 가려지자 그를 부축해서 들어왔던 보좌관이 물티슈를 꺼내 내밀었다.

"고맙네. 이거 왜 이렇게 안 지워져?"

"물엿으로 만든 거라 조금 끈적거릴 겁니다."

"하여간… 가짜 피 정도는 잘 만들 것이지. 이러니 영화판에서 다 티가 나는 것 아닌가."

김태선의 탄식은 엉뚱한 곳으로 흘러갔다.

"이대로라면 일은 잘 진행될 것 같습니다."

"어허! 방심은 금물이야. 자네도 내가 왜 그렇게 일장연설을 하는지 잘 알지 않는가."

지금까지 한 연설은 딱히 대통령을 목표로 삼은 것이 아니었다. 어디까지나 중립을 지키면서 국민들을 위하는 척

하기 위해서였다. 왜냐하면 국민들의 대통령에 대한 믿음이 조금은 남아 있기 때문이다.

자칫 대통령을 비하한다면 오히려 국민들은 김태선까지 미워할 수도 있었다. 그래서 최대한 중립을 지키면서 진실만을 강조하고, 국민들을 위하듯이 연설했다.

"의원님의 의중을 이해했습니다."

보좌관은 감탄했다는 듯이 고개 숙였다.

"그런데 말이지… 노진현의 의중을 모르겠어. 이쯤 되면 스스로 내려와야 할 텐데 말이야."

대통령은 여전히 묵묵부답이었다.

정말 국민들을 위한다면 진실을 밝히거나 스스로 하야하여 책임을 보여야 했다. 하지만 아직까지도 아무런 반응이 없으니, 김태선은 질린다는 표정을 지었다.

"곧 내려올 겁니다."

"아무튼… 다시 나가봐야겠어."

"잠시만 기다려주십시오."

보좌관은 그 대답과 함께 테이블에 놓인 커터 칼을 꺼내 자신의 손바닥을 그었다. 이내 피가 뚝뚝 흘러내리자 그것을 김태선 의원의 옷깃에 슬쩍 발랐다.

"이 정도 연출은 필요할 것 같습니다."

"좋군. 역시 하나를 배우면 열을 안단 말이지."

김태선은 만족스러운 표정으로 머리를 더욱 헝클어트리고서 밖으로 나갔다.

"의원님이시다!"

"의원님!! 괜찮으세요?"

집회에 참여한 사람들까지 지지자가 되어 다시 나타난 김태선 의원을 불러댔다.

"괜찮습니다. 정말 괜찮아요."

그렇게 대답한 김태선은 어설픈 미소를 지어 보이며 다시 마이크를 쥐고 트럭 위에 올라섰다.

"여러분들에게 심려를 끼쳐드려 정말 죄송합니다."

"아니에요!"

"우린 괜찮아요!"

이내 김태선은 고개를 한 번 숙이고 입을 열었다.

"정말 감사드립니다. 제가 국민 여러분들의 성원에 반드시 보답할 수 있도록… 그리고 대통령님의 진실이 보다 빨리 나올 수 있도록 노력하겠습니다."

"와아아아아!"

다시 연설이 시작되자 사람들의 환호성은 더욱 커졌다.

고요해야 할 집회와는 어울리지 않는 모습이었지만, 김태선이 대통령을 비판하는 것도 아니니 경찰들도 어쩌지 못했다. 물론 배후인 골드라인에서 미리 손을 써뒀기에 문제가 제기되지 않았다.

"여러분!!!"

김태선은 피 묻은 셔츠를 입은 채로 계속해서 열띤 주장을 펼쳐댔다.

그런데 그때 광장 바깥쪽 커다란 빌딩에 설치된 전광판에서 뉴스가 흘러나왔다. 물론 전광판이기 때문에 소리는 나오지 않았다. 대신 언제 준비된 것인지 모르는 자료화면과 화면 밑단으로 자막이 지나가고 있었다.

[노진현 대통령, 국가를 위한 무리한 예산투자!!!]
[모이라이의 군수계열사 MR테크를 통해 기존보다 5배의 성능을 지닌 방탄복을 군인과 경찰들에게 지급할 수 있도록 예산 진행!]
[국제적인 극비 개발과정으로 인해 밝히지 못함을 노진현 대통령이 부복하여 사죄!]

화면에는 노진현 대통령이 단상 위에서 엎드리는 모습이 비춰졌다.

이에 국민들은 깜짝 놀라면서 웅성거리기 시작했다.

한편, 그를 끌어내리려 했던 김태선의 얼굴은 경악으로 물들 수밖에 없었다. 이제 곧 끝나겠다고 생각한 계획이 수포로 돌아가버렸기 때문이다.

"의원님… 괜찮습니까?"

그가 마이크를 쥔 채 멍하니 서 있자 손바닥에 손수건을 두른 보좌관이 급히 다가섰다.

"도대체 저게 어떻게 된 일인가?"

"방금 전에 발표되었답니다. 불투명했던 예산은 모이라

이의 MR테크란 곳에서 방탄복 개발과 정부로 납품하는
데 사용되었다고 합니다."

"그게 말이 되는 소린가?"

해당 자료를 직접 구했던 김태선도 자금의 흐름을 추적
해보았다. 그러나 중간에 모든 자금이 현금으로 빠져나가
추적할 수가 없었다.

"일단은 자리를 옮기시는 것이 좋을 것 같습니다."

방금 전까지 김태선을 외쳐댔던 국민들은 대통령에 대한
오해가 풀리자 전광판으로 시선을 고정했다.

지금 상황에서 김태선이 어떠한 연설을 하든 노진현 대
통령에 대한 비판으로밖에 들리지 않을 것이다.

"그, 그러자."

이내 김태선은 탄식을 흘리며 임시 천막으로 터덜터덜
들어갔다.

우우웅. 우우웅.

보좌관의 주머니에서 핸드폰이 울렸다.

자신의 것이 아닌 김태선이 맡겨 놓은 핸드폰이었다.

"의…원님… 그분한테 온 전화입니다."

핸드폰 액정에는 발신번호표시 금지가 떠 있었다.

보좌관은 그게 누군지 아는지 심히 긴장한 목소리였다.

"주고 나가봐."

김태선은 보좌관이 나간 것을 확인한 뒤 통화 버튼을 눌
렀다. 그런데 그의 입에서 나온 것은 일본어였다.

"전화 바꿨습니다. 어르신."

—내가 왜 전화를 했는지 알겠지?

상대방 쪽에서는 일본어로 골골하면서도 무거운 목소리가 흘러나왔다.

"죄, 죄송합니다."

—자신 있는 것 같아서 필요한 정보를 대주었더니…….

"며, 면목이 없습니다. 하지만 원래 계획이 아직 남아 있습니다."

그의 다급한 목소리가 천막을 울렸다.

—이번 일로 실망이 크네. 허나, 아직 쓸모가 남아 있으니 지켜보도록 하지.

뚝!

통화는 길지 않았다. 전화를 끊은 김태선은 이마로 흘러내린 식은땀을 닦아냈다.

모이라이 대표사무실에는 차준혁과 임진환 회장이 마주보고 앉아 있었다.

"아무리 그래도 직접 엎드리기까지 하시다니… 정말 대단한 분이시군요."

차준혁은 방금 전까지 TV로 본 노진현 대통령의 절실한 부복에 감탄했다.

"저는 차 대표님이 더 대단해 보이는군요. 도대체 그 정도의 자금과 준비를 언제부터 한 겁니까?"

모이라이에서 정부로 들어간 자금은 자그마치 한화로 10조 원이었다. 차준혁은 약 3년간 IIS의 시설 및 준비 자금으로 투입된 돈을 모두 메워주었다.

"이러려고 준비한 것은 아니지만… 처음부터라고 할 수 있죠."

그런 엄청난 자금을 아무렇지 않게 움직였으니 임진환으로서는 당연히 놀랄 수밖에 없었다.

"흐음… 아무튼 우리를 도와주셔서 감사합니다. 차준혁 대표님이 아니었다면 어떻게 됐을지…….."

겨레회는 장로 중 검사로 재직 중이던 노진현을 대통령으로 만들기 위해 노력해 왔다.

전국 곳곳에 퍼져 있는 겨레조원들의 도움으로 사건들을 해결하거나, 헤아릴 수 없이 사회복지에 힘썼다.

물론 당사자도 누구보다 노력했다. 그래서 국민들은 그런 노진현을 신뢰했고, 대선에서 대통령으로 뽑아주었다.

"그 자리를 지켰다고 끝난 것이 아닙니다. 이제부터 시작이니, 임진환 회장님께서는 뒤처지지 않도록 주의해주시길 바랍니다."

차준혁에게는 아직도 갈 길이 멀었기 때문이다.

생각하지 못한 재회(再會)

  대통령의 무리한 국방 예산 투자 결정은 쉽게 가라앉을
일이 아니었다. 그만큼 국민들의 원성도 높았고, 국회의
원들까지 들고일어날 일이었다.

  하지만 MR테크를 통해 국방부와 안전행정부로 납품된
방탄복의 효과는 그런 국민들의 원성을 차츰 가라앉게 만
들었다. 그리고 국회의원들은 무고한 탄핵결의안을 제출
했기에 입만 꾹 다물고 있었다.

  거기다 라버건도 국방부를 통해 심사 중이었다.

  권총보다 위력은 약하면서 탄두가 고무로 되어 눈과 입,
급소만 피하면 용의자를 충분히 제압할 수 있었다.

특히 권총을 폼으로만 들고 다니는 경찰들에게 있어서 용의자와 대치 시 충분히 위협적일 수 있었다. 물론 국내 특수부대에서도 지금까지 비슷한 것을 사용했다.

차준혁도 물론 부대에서 사용해봤다. 거기서 탄약 비율과 고무의 종류와 농도를 달리해 확실한 차이를 두었다.

다만, 그런 복잡한 일과 달리 차준혁은 이사 문제로 정신이 없었다.

"어머니! 이 짐은 어디다가 두면 돼요?"

"어쩜! 어디다가 두면 좋겠니?"

30평이 조금 넘는 빌라에서 갑자기 80평대의 복층 단독 주택으로 이사했다. 부모님은 지금 집을 처음 보셨을 때 엄청난 규모 탓에 부담스러워하셨다.

그러나 앞으로 닥쳐올 위협에 대비하기 위해서는 집부터 안전할 필요가 있었다.

"아버지 옷이네요. 1층 안방에다가 둘게요."

거실에서 횡설수설하는 어머니 때문에 차준혁은 박스에 적혀진 글자를 보고 옮겼다.

정신없는 사람은 어머니뿐만이 아니었다.

"오빠! 여기가 정말 내 방이야?! 야호!"

차준희는 2층 자신의 방에서 새로 마련한 침대와 책상, 옷장들을 보며 신나 있었다.

이사는 그다지 어렵지 않았다.

원래 집에서 쓰던 가구들이 너무 낡아 거의 다 새로 마련할 수밖에 없었다. 그래서 옷이나 그릇, 문제가 없는 전자제품들만 들고 이사를 왔다.

"어머님! 주방 물건들 정리할게요!"

그때 주방에서 신지연의 목소리가 들렸다.

그녀는 차준혁의 이사 소식에 발 벗고 나서줬다.

"지연아. 그냥 두라니까."

"괜찮아요."

어머니와 신지연은 오순도순 주방을 정리했다. 다행히 원래부터 짐이 많지가 않아 이사는 오래 걸리지 않았다.

이사를 한 동네는 종로구 평창동이었다.

잘 사는 사람들이 모여 있는 동네로, 커다란 단독주택들이 밀집되어 있었다. 차준혁은 이기적인 부자들이 사는 동네를 그다지 좋아하지 않았지만 안전에 대한 부분에서는 일반적인 동네보다 좋다는 것을 부정할 수 없었다.

"준희야! 준혁아! 자장면 왔다!"

역시 이사한 첫날에는 자장면이었다.

젊은 배달부는 커다란 저택으로 들어오면서 주위를 두리번거렸다. 그의 배달 경력 5년 동안 이런 집으로 자장면과 탕수육을 배달해보기는 처음이었기 때문이다.

모두는 거실에 둘러앉아 자장면을 먹었다.

"집이 정말 좋은 것 같아요."

"그렇지? 그런데… 우리 이사 도와주느라 주말에 쉬지

도 못하고 어떻게 하니……."

어느새 어머니와 신지연은 누구보다 친해져서 이런저런 이야기를 주고받았다.

물론 그사이에 차준혁도 끼어 있었다.

"짐 정리는 이쯤이면 된 것 같은데요?"

"그렇지?"

아버지는 지구대 주말 당직 때문에 이사에 참여하지 못하셨다. 그래서 차준혁은 여자 셋의 수다를 들으면서 자장면만 열심히 먹었다.

"정리가 다 됐으면 이만 회사에 가봐야겠어요."

"토요일인데 출근한다고?"

차준혁의 말에 여동생은 기가 막힌다는 듯이 물었다.

"일이 많아."

"하지만 오빠네 회사… 주말에 근무 없기로 유명하지 않아?"

그녀의 말처럼 모이라이는 연장, 야근, 특근이 절대로 없었다. 다만 그건 사원들이나 임원들까지만 한해서였다.

정보팀이나 대표인 차준혁은 매일 바빴다.

"주말에도 돌아가야 할 일들이 있어."

"그럼 지연이 언니도 가는 거야?"

"대표님이 움직이시니 나도 동행해야지."

가족들도 신지연이 차준혁의 비서가 된 것을 알고 있었다. 때문에 차준희는 아쉬움이 담긴 눈빛으로 그녀를 쳐다

봤다.

"미안해… 다음에는 어디 놀러 가자."

"정말이지?"

올해로 21살이 된 차준희는 아이처럼 좋아하면서 신지연에게 매달렸다.

"이만 가요."

차준혁이 재촉하자 신지연은 자신의 코트와 가방을 챙겨서 뒤따라왔다. 두 사람은 차에 올라타 바로 출발했다.

"준혁 씨는 힘들지 않으세요?"

대부분의 이삿짐을 차준혁이 옮겼기에 걱정되어서 묻는 말이었다.

"멀쩡해요. 그보다… 굳이 도와주지 않아도 된다고 했잖아요. 이사 끝나고 데리러 간다니까요."

원래는 그녀가 도와줄 예정은 없었다. 그런데 아침부터 찾아와서는 짐을 옮기는 데 도움을 주었다.

"지난번에 실례한 것도 있잖아요."

대화를 나누던 차준혁은 차의 방향을 틀어 고속도로에 올라탔다.

"그런데 오늘은 무슨 일정인 거예요?"

오늘은 비서인 그녀도 모르는 일정이었다.

때문에 그녀는 궁금해 하면서 물었다.

"앞으로 모이라이가 주기적으로 지원해줄 곳이에요."

"혹시 노숙자 복지재단인가요?"

지원이라는 말에 신지연은 모이라이에서 주관하고 있는 재단을 거론했다. 그곳이 경기도 쪽에 위치해 있었기 때문이다. 하지만 그곳에서의 일정이라면 신지연에게 알려주지 못할 리가 없었다.

"아니요. 가보면 알 거예요."

차는 고속도로를 타고 동쪽으로 향했다. 그러다 강원도에 진입하더니 산을 둘러싼 도로를 탔다.

"음……."

신지연은 피곤했는지 어느새 잠들어 있었다. 그 모습에 차준혁은 흐뭇한 미소를 지으며 계속해서 차를 몰았다.

잠시 후, 철조망으로 막힌 길을 군인들이 지키고 서 있었다.

"이곳은 군사통제구역입니다."

차준혁은 품속에서 신분증을 꺼내 내밀었다.

"충성! 몰라 뵈어서 죄송합니다! 차준혁 대표님!"

"아닙니다. 이만 들어가도 되겠죠?"

워낙 유명인이라 사진과 이름을 보고서야 떠올린 것이다. 물론 내부와 관계된 신분들이기에 바로 통과할 수 있었다.

"예!"

출입 승인이 떨어지자 철조망이 열렸다.

신지연은 차준혁이 다시 차를 출발시키면서 깨어났다.

"아, 깜박 잠이 들었나봐요. 죄송해요."

"괜찮아요. 잘 잤어요?"

경찰 일을 하다가 익숙하지 않은 비서 일을 누구보다 열심히 했으니 피곤할 만도 했다.

"예. 근데… 여긴 어디예요?"

차는 숲 한가운데로 뚫린 길을 지나가고 있었다.

신지연은 잠을 자느라 여기까지 오는 길을 보지 못했으니 의아할 수밖에 없었다.

"아까 말한 곳이에요. 특별한 사람들만 들어올 수 있는 곳이죠."

"특별한… 사람들만요?"

숲의 끝에는 산세와 어우러진 육각형의 건물이 세워져 있었다. 신지연은 신기하다는 표정으로 차에서 내렸다.

"여긴 뭐 하는 곳이에요?"

"저분들에게 설명을 들으면 알게 될 거예요."

건물에서 3명의 사내가 걸어 나왔다. 그들은 국방부 장관인 서승원과 경찰청의 주상원, 이정수였다.

"어……?"

더욱 놀란 신지연은 고개부터 숙였다.

"아, 안녕하십니까!"

주상원과 이정수는 겨레회로서 주로 보던 이들이었지만 국방부 장관인 서승원 만큼은 달랐기 때문이다.

세 사람은 그녀의 인사에 미소를 지어 보였다.

"잘 왔네."

그들은 신지연의 인사를 받아준 뒤 차준혁을 보았다.

"잘 오셨습니다. 차준혁 대표님."

"이렇게 초대해주셔서 감사합니다."

"초대라니요. 오늘 오신 이유는 IIS의 완성도를 확인해주시기 위해서가 아닙니까."

차준혁과 신지연이 도착한 곳은 다름 아닌 IIS의 본청이 있는 곳이었다.

'여기도… 4년 만인가.'

지금 이곳은 회귀 전, 차준혁이 훈련을 받고 요원으로 지냈던 IIS였다. 기억으로 치면 용병으로 있던 기간과 지금까지 4년이 되었다.

"IIS요?"

신지연은 처음 듣는 이름에 고개를 돌려 물었다.

"대한민국의 새로운 조직입니다."

차준혁의 설명으로 그녀는 더욱 놀랄 수밖에 없었다.

"천천히 설명해드릴 테니 일단 들어가시죠."

서승원이 직접 안내해줄 생각인지 본관을 가리키면서 앞장섰다. 차준혁과 신지연은 세 사람을 따라 들어갔다.

IIS는 회귀 전과 다를 것이 없었다.

물론 비밀조직인 만큼 국정원과도 부서나 운영시스템이 기본적으로 크게 다르지 않았다. 임무를 목적으로 하는 정보팀과 현장팀, 관리팀. 그밖에는 IIS를 유지하는 데 필요한 서무, 경리, 인사팀들이 존재했다.

그리고 현재는 교육 중인 요원들과 시설보호를 위한 인원을 제외하고 본직에 종사하는 중이었다.

"보시다시피 요원들의 훈련은 90%까지 진행되었고, 시설은 100%. 인원 배치도 70%가량 되었습니다."

"하지만 정보팀이 문제겠군요."

시설들을 둘러본 차준혁은 서슴없이 말을 던졌다.

이에 세 사람은 놀랄 수밖에 없었다.

그의 말대로 정보를 수집해줄 인원을 구하지 못해 헤매는 중이었기 때문이다.

"괜찮으시다면 모이라이의 정보팀을 IIS로 보내드리도록 하겠습니다."

"그곳에 정보팀이 존재합니까?"

모이라이 내에서도 정보팀원들은 따로 관리했다. 그러니 겨레회에서도 차준혁과 함께 모이라이에 대해 조사했을 때 정보팀의 존재는 알아내지 못했다.

"유능한 인재들입니다. 물론 모이라이가 IIS를 집어삼키겠다는 말이 아니니, 오해는 없으시길 바랍니다."

차준혁은 그들의 순간적인 고심까지 꿰뚫어보면서 말했다.

"정말 모이라이는 뭔가 알아냈다 싶으면 다시 모르는 것들이 계속 나오는 곳이로군요."

이에 신지연은 건물을 마주했을 때보다 신기하다는 표정

으로 차준혁을 쳐다봤다.

"대표님… 대체 이게 어떻게 된 일이에요?"

게다가 아직 설명을 듣지 못한 신지연은 지금 상황을 이해하기가 힘들었다.

그러자 서승원이 앞으로 나서서 자신을 직접 소개했다.

"말씀드리는 것을 깜박했군요. 간부가 아니니 처음 보겠지만, 겨레회의 장로직함을 하나 맡고 있습니다."

서승원의 소개에 신지연은 더욱 놀란 표정을 지었다.

겨레조원으로 장로를 직접 만날 일은 절대로 없었기 때문이다.

"죄, 죄송합니다! 몰라 뵈었습니다!"

"아닙니다. 당연히 모를 수밖에 없지요. 그리고 이건 다른 이들에게 비밀입니다."

그가 정체를 밝힌 것은 차준혁의 부탁 때문이다.

앞으로도 비서로서 많은 일을 수행할 테니 겨레회의 장로를 모른다면 업무를 이해하기 힘들었다.

그래서 신지연에게만 특별히 알려주자고 한 것이다.

"이제 아셨죠?"

차준혁은 그녀에게 대답하고 서승원을 향해 다시 입을 열었다.

"그보다 지난번에 말했던 절차는 어떻게 진행되고 있습니까? 대통령께서 IIS를 분리하시겠다고 결정하셨나요?"

차준혁은 장로들과 첫 대면 이후에 또다시 만나 중요한

안건을 제시했다.

바로 IIS를 정부에서 독립시키는 일이었다.

이대로라면 IIS는 1~2년 정도 후에 완성되겠지만 다음 대선으로 뽑힐 대통령의 손에 넘어간다.

물론 노진현 대통령도 그 점을 감안했다.

그래서 악용되지 않도록 각 분야별 중요 책임자와 절차를 나누었다. 거기다 대통령의 권한으로도 쉽게 바꾸지 못하도록 체계를 잡았다.

하지만 그런 방법은 시간이 문제일 뿐이다.

새로 바뀌는 대통령이 계속해서 힘을 쓴다면 뚫리지 않을 리가 없었다.

"괜찮은 생각이라 하셨습니다."

대통령도 그 때문에 차준혁의 의견을 긍정적으로 생각하여 수락했다.

"다행이군요. 그럼 부지부터 차명으로 매입시켜 돌리도록 하죠. 입구 쪽은 따로 공사해 출입구도 바꾸고요."

"철저하게 숨겨진 곳인데 그렇게까지 해야 할까요?"

서승원 장관은 불필요하다고 생각하는 것 같았다.

물론 정부에서 자금의 흔적을 완전히 지우고 준비해둔 덕분에 흔적을 찾기는 어려웠다.

그래도 결국은 강원도 산속에 존재하는 시설이다.

누군가 희미한 흔적이라도 발견되어 쫓아오게 된다면 시설이 들통날 수도 있었다.

"겨레회가 국정원 사건 때처럼 당하지 않으려면 더욱 철저하게 숨겨져야 합니다. 그리고 구성인원은 어떻게 하실 생각이죠?"

원래 IIS는 국방부의 인물들을 위주로 구성될 예정이었다. 물론 회귀 전 미래에도 그 점은 크게 변하지 않았다.

실제로 차준혁이나 다른 군인들이 IIS로 대거 이동했다. 대부분 장기지원 직전에 전역으로 확정되어 움직인 것이라 티가 나지 않았다.

차준혁의 물음에 서승원은 준비해 온 대답들을 꺼냈다.

"상부 관리자들부터 따로 만나봐야 할 것 같습니다. 일단 1차적으로 와주겠다고 한 사람들이니, IIS의 독립체계에 대해 긍정적으로 받아들여줄 겁니다."

"그 사람들을 제가 좀 확인할 수 있을까요?"

대통령과 IIS를 회생시키는 데 있어서 차준혁이 큰 도움을 준 것은 맞지만 자체적인 인사권한에 대한 확인은 조금 지나쳤다. 때문에 국방부 장관 서승원도 미묘한 표정을 지어 보이면서 되물었다.

"무슨 문제라도 있으십니까?"

"어떠한 기준으로 발탁했는지 모르지만, IIS는 정부로부터 독립해 겨레회의 무력조직이 될 겁니다. 그런 곳으로 문제가 있는 사람이 포함되면 안 되니까요."

아무리 맑은 물이라 해도 고이면 썩는다고 했다.

실제로 회귀 전에 IIS 상위 간부들에게는 상당수 문제가

있었다. 그러니 처음부터 그런 사람들을 끼고 갈 필요는 없었다.

"그 부분에 대해서는 철저하게 확인해봤습니다."

서승원도 그런 부분을 알고 있었다. 하지만 미래를 알고 있는 차준혁과는 비교조차 힘들었다.

"괜찮으시다면 보고 싶습니다. 일단 저희 쪽 정보팀으로 돌려보고서도 깨끗하다면 문제가 없을 겁니다."

솔직히 털어서 먼지 안 나오는 사람은 없다.

차준혁은 그중에서 경중을 가려 문제의 소지가 있을 만한 사람만 골라내려는 것이다.

이에 서승원은 조용히 침음을 흘렸다.

차준혁을 믿기는 하지만 그런 부분까지 확인을 맡아야 하는 것인지 걱정되었기 때문이다.

그의 반응을 읽은 차준혁이 다시 입을 열었다.

"IIS의 명단을 손에 넣으려는 꼼수 같은 게 아닙니다. 그저 정말 제대로 된 IIS를 만들고 싶기 때문입니다."

차준혁의 진지한 목소리에 서승원은 고민하면서 숙였던 고개를 들었다.

"제가 모이라이 정보팀의 작업을 확인해봐도 되겠습니까?"

그도 직접 보지 못한 정보팀이기에 어느 정도 실력을 가졌는지 궁금할 수밖에 없었다.

"알겠습니다. 어차피 한배를 타게 된 입장이고, IIS로 받아들일지 모르는 정보팀이니 직접 봐야 할 테죠."

서승원도 납득하며 고개를 끄덕였다.

그때 계속 입을 다물고 있던 신지연이 앞으로 나섰다.

"혹시… 대표님이 겨레회의 간부나 장로님이 되신 것은 아니시죠?"

애초부터 차준혁을 겨레회로 받아들이기 위한 심사의 일환으로 신지연이 투입되었다. 거기다 지난번에 장로들과 면담을 가졌으니 충분한 가능성이 있었다.

특히 조직 운영에 대한 이야기를 주고받으니 그녀의 입장에서는 이해되지 않았다.

"하하하. 그건 아니에요. 대신에 모이라이가 겨레회와 손을 잡았죠."

차준혁이 장로가 되었다는 말보다 엄청났다.

그가 모이라이의 대표이니 겨레회 자체와 동등한 입장이나 마찬가지였다.

"아무튼 다른 곳을 마저 보도록 하죠. 이제 요원들 훈련 시설인가요?"

서승원은 다시 안내를 시작했다.

한편, 당혹스런 실패를 겪게 된 골드라인은 미치고 팔짝 뛰는 중이었다. 특히 박해명 회장은 다 된 밥에 코를 빠뜨

린 것처럼 황당한 표정을 지었다.

"모이라이는 도대체 어디까지 관여하는 거야!!"

조금만 있으면 대통령을 끌어내릴 수 있을 거라 생각했기 때문이다.

이에 옆 자리에 앉아 있던 남송도 납득하지 못했다.

"저도 영문을 모르겠습니다. 대통령이 모이라이에게 방탄복 개발과 호신용 총기 개발을 요청했다니… 그런 정보는 어디에도 없었습니다."

정부가 모이라이에게 요청했다면 분명 시기와 접점이 있을 것이다. 게다가 골드라인은 대통령을 끌어내리려던 일 이전부터 청와대를 예의 주시해 왔다.

그럼에도 이번 일의 연결점을 전혀 찾지 못했다.

"흠… 이번 일은 이미 엎어져버렸으니 다음을 노려야겠지요."

노진현 대통령에 대한 국민들의 신뢰는 빠르게 회복되고 있었다. 신진기업 중 최고라 불리는 모이라이가 정부와 손을 잡은 것이니 충분한 결과였다.

이런 상황에서 오히려 꼼수를 부리거나 물고 늘어졌다가는 오히려 낭패를 볼 수도 있었다.

박해명도 그 사실을 잘 알기 때문에 대통령의 임기가 끝나는 시점을 노렸다.

"그럼 김 의원은 어찌합니까?"

김추성은 광장에서 상당한 신뢰를 얻었던 국회의원 김태

선에 대해서 물었다.

"계획이 미뤄지긴 했어도 김 의원에 대한 민중의 신뢰는 이번 일로 오히려 높아졌습니다."

"하긴… 능력 있는 사람이더군요. 아직 사십도 되지 않은 나이에 그런 언변이라니…….."

옆에 있던 남송도 그에 말에 공감하면서 감탄했다.

국회의원 김태선은 광장에서 노진현 대통령을 절대로 깎아내리지 않았다. 오히려 국민들과 함께 진실을 원하면서 대통령을 옹호하는 듯한 뉘앙스를 띠었다.

물론 그것은 사람들이 어떻게 인지하느냐의 차이였다.

만약 노진현 대통령이 탄핵 당했다면 그를 옹호했던 인민의 투사로 인식됐을 것이고, 지금처럼 그렇지 않게 되더라도 국민들과 함께 공감한 대중의 변호인이 되니 말이다.

이에 박해명은 자신 있다는 듯이 입을 열었다.

"야망까지 있는 사람입니다. 그래서 제가 뽑은 것이지요."

"솔직히 처음에는 국선출신 변호사라기에 미덥지가 않았습니다. 그런데 하는 걸 보니 명관이로군요. 하하하!"

남송은 또다시 감탄사를 내뱉으면서 웃었다.

"헌데… 모이라이가 참으로 거슬리는군요."

박해명은 신경 쓰이는 다른 부분을 떠올리며 천천히 말했다.

"지난번에 경찰 출신이었을 때의 일로 약점을 찾아보신

58

다 하지 않았습니까?"

박해명은 골드라인의 수장임에도 차준혁에 대해 전력으로 파보았다. 하지만 그로 인해 더욱 미궁 속으로 빨려 들어가는 것만 같은 기분이었다.

"사람을 풀어 확인은 해보았습니다만… 잡히는 가닥이 너무 없더군요."

미래에서 돌아온 차준혁이 지금과 같은 상황을 예측하지 않았을 리가 없었다. 당연히 경찰 업무를 하면서 모이라이를 키울 때도 철저하게 움직였다.

"그럼 모이라이의 경영에 나섰다는 증거가 없다는 겁니까?"

"연관되어 있다면 하다못해 연락이라도 주고받았을 것이지 않습니까."

김추성과 남송은 이해되지 않는다는 표정으로 박해명에게 되물었다.

물론 박해명도 차준혁이 모이라이와 연결점이 있고, 연락을 주고받은 정황이 있을 것이라고 예상했다.

그러나 연락은커녕 전임 대표인 이지후와 연락이나 임원들과의 연결점조차 찾지 못했다.

차준혁이 이를 대비해 대포 폰으로만 연락을 주고받았고, 지경원과는 CCTV가 없는 장소에서만 접촉했기에 당연히 들킬 수가 없었다.

"정말 이상하군요."

그 때문에 모두가 침음만을 흘리면서 고심했다.

다만 박해명은 다른 생각이 있는 것 같았다.

"저번에 예상했던 대로 배후가 있음이 분명합니다. 그렇지 않고서야 아무런 접점도 없던 사람이 모이라이의 대표가 될 수 있겠습니까?"

"그럼… 정말로 차준혁 대표가 허수아비라는 겁니까?"

그들이 보기에 차준혁은 아무런 접점이 없는 상황에서 갑작스럽게 대표로 취임한 것처럼 보였다.

따로 말을 움직이는 사람이 있는 것처럼 말이다.

"약 40%의 주식을 가진 사람이 배후겠군요. 허나 여전히 누군지는 알 수가 없습니다."

사라진 모이라이의 주식 40%.

그것만 골드라인에서 차지할 수 있다면 로드페이스까지 집어삼킬 수 있는 길이 열릴 것이다.

물론 지금과 같이 기업을 키운 인물이 배후에 있다면 골드라인도 만만치 않게 생각했다. 그렇기에 서로 뜻만 맞는다면 손도 잡을 의향까지 있었다.

"일단 차준혁 대표를 최대한 지켜보도록 하지요. 어떻게든 배후와 연결되는 시기가 있을 겁니다."

"알겠습니다. 저희도 계속 파볼 테니, 문제가 있다면 연락드리지요."

김추성과 남송은 말을 마치고 자신의 회사로 돌아갔다.

혼자 남게 된 박해명은 계속해서 차준혁에 대해 고민했

 60

다.

"도대체 그 배후가 누구일까……?"

지금까지의 사업 규모로 본다면 절대 작은 인물은 아니었다. 콩고의 울린지 사업 개발 독점을 먹은 로드페이스를 누구도 모르게 인수하고, 너무나 절묘한 타이밍에 정부의 군수사업에까지 손을 뻗었기 때문이다.

"혹시… 대통령이 아는 인물인가?"

이제 와 생각해보면 능력도 없어 보이는 차준혁이 정부의 군수사업을 미리 계획했을 리도 없었다.

그러나 배후의 인물이 미리 대통령과 접촉했다면 지금과 같은 시나리오가 가능할지도 몰랐다.

오히려 어떤 추측보다 가능성이 높아 보였다.

똑똑.

골똘히 생각에 잠겨 있던 그때, 노크 소리가 들렸다.

"박 본부장과 박 지사장이 왔습니다."

비서의 말에 박해명은 고개를 끄덕였다.

"안녕하십니까. 회장님."

들어온 이는 박해명의 아들인 박재준과 박송준이었다.

두 사람은 차기 후계자답게 본사와 지사에서 중책을 맡고 있었다. 그래서 부자지간임에도 회사에서는 아버지라 부르지 않도록 지시했다.

"이리 와서 앉아라."

박해명은 맞은편에 앉은 아들들을 보며 입을 열었다.

"어떻게… 일들은 잘 마무리되었는가."

"예. 문제없이 넘겼습니다."

자신만만한 대답이 이어지자 박해명의 얼굴에는 흐뭇한 미소가 걸렸다.

"다행이군. 그럼 남송 쪽과는 어떤가?"

"그쪽과도 계속 거래해도 무관할 것 같습니다. 미스터 듀케이먼도 제안에 흡족해 하였고요."

이어진 보고에 박해명은 더욱 그윽해진 얼굴로 대답했다.

"앞으로 난 그쪽과의 거래에 일절 상관하지 않을 것이니, 자네들이 주관해보시게."

둘 다 아들임에도 직원을 대하는 태도였다.

일에 관련해서는 핏줄도 관계없을 듯싶었다. 이에 박재준과 박송준은 서로의 얼굴을 쳐다보고 고개를 끄덕였다.

"감사합니다. 회장님."

IIS의 요원 훈련장은 지하에 일반 사격장과 격투 및 체력 단련장. 그리고 산중에는 게릴라전 훈련장과 야외 사격장이 있었다.

차준혁은 일단 지하 훈련장으로 안내를 받아 내려갔다.

기다란 복도 양쪽으로 사격 소리와 기합성이 힘차게 울

렸다.

'여긴 도대체 얼마만인지.'

차준혁은 오랜만에 향수(鄕愁)를 느꼈다.

그는 그리움에 젖은 얼굴로 지하 훈련장을 둘러봤다.

군대에서 최정예로 선발된 예비요원들이 사격과 대련을 하며 단련하는 중이었다.

"그만! 차렷!"

한 사내가 기합성으로 무술 지휘를 하다가 사람들이 들어오자 소리쳤다. 그와 동시에 쩌렁쩌렁한 목소리가 울리더니 모든 사람들이 몸을 돌려 차렷 자세를 유지했다.

"충성!"

"되었네. 잠시 쉬도록 하게."

"쉬어!"

서승원이 경례를 받아주자 도복을 입은 중년의 사내가 얼어 있던 요원들에게 외쳤다.

"훈련하는 데 어려움은 없나?"

"없습니다!"

중년의 사내는 IIS의 무술 교관을 맡은 김도성으로, 전직 육군본부 직속특수부대 훈련 교관 출신이었다.

김도성은 서승원의 염려에 아무렇지 않게 대답한 뒤 주변 사람들에게 시선을 돌렸다.

"차…준혁?"

"오랜만입니다. 김도성 대위님. 4년 전 특수부대 통합훈련 이후 처음이던가요?"
그와 면식이 있던 차준혁은 먼저 인사를 건네며 다가섰다.
"전역했다는 소식을 들었다가 TV에 나오는 것을 보고 얼마나 놀랐는지 모른다네."
두 사람의 대화에 서승원은 차준혁이 특수부대 출신이었다는 것을 떠올렸다.
"차 대표께서 우리 김도성 교관과 아시던 사이였나 보군요."
"예전에 훈련을 한 번 받았었습니다."
친분이 깊지는 않았다. 그러나 당시 김도성은 훈련 교관으로 귀신 도깨비라는 별명이 붙을 정도로 악랄했다.
차준혁은 무지막지했던 훈련을 누구보다 빨리 클리어했기에 서로를 기억할 수 있었다.
"그보다… 여긴 어쩐 일로 오셨습니까?"
김도성은 차준혁이 모이라이의 대표가 되었다는 것은 알았지만, 지금 이 건물에 왜 있는지는 이해할 수 없었다.
"앞으로 현 조직을 뒷받침해주실 분이네."
"예……?"
순간 김도성의 눈빛이 못마땅해졌다.
"장관님. 외람된 말씀이지만 잠시 자리를 옮겨 따로 대화하실 수 있으신지요."
"알겠네."

복도로 나간 두 사람의 표정이 좋지 못했다.

"처음에도 여쭈어본 것이지만 이 조직에 이권 개입은 없을 것이라고 하시지 않았습니까."

김도성은 상대가 장관임에도 전혀 주눅 들지 않았다.

"그러했지."

"하지만 지금 상황은 뭡니까."

바로 차준혁을 말함이었다.

그의 말대로 서승원은 IIS를 대통령과 함께 준비하면서 어떤 이권도 개입시키지 않도록 만들었다. 그래서 국방부 예산과 겨레회 장로 중에 한 명인 명천그룹 임진환 회장의 자금으로만 준비해 왔다. 물론 이권의 개입으로 IIS의 본래 목적이 더럽혀질 수 있다고 생각했기 때문이다.

이에 김도성은 차준혁이 대표로 있는 모이라이가 그런 문제로써 개입된 것이라고 생각했다.

"자네도 알다시피 이번에 큰 문제에 부딪치지 않았나. 그로 인해 같은 길을 가게 된 분이네."

"저도 그 문제에 대해서는 이해합니다. 하지만 그를 여기까지 들이실 일은 아니라고 생각합니다."

도움에 대해서도 선이 있었다. 지금 차준혁이 이곳에 있는 것은 그 선을 넘어 개입하겠다는 의지로 보였다.

"나도 처음에는 그렇게 생각했네만, 대통령께서 결정을 내리신 사항일세. 물론 나도 찬성했고 말이야."

"그렇다면 저는 여기까지만 하겠습니다!"

"김 교관!!"

본래 김도성은 특수부대 교관으로 있다가 장관의 회유로 인해 예비요원들의 훈련을 맡게 됐다.

그도 국정원이라는 조직이 점점 부패해져 간다고 생각했기 때문이다. 이에 새로운 조직이 창설된다는 말을 듣고 순수한 애국심으로 찬성했다.

하지만 이권 개입이 예상되니 극단적인 선택을 보였다.

"제가 미덥지 못하셨나보군요."

그때 훈련장 문을 연 차준혁이 얼굴을 내밀었다.

이야기를 나누던 두 사람은 살짝 놀랐다.

김도성이 먼저 입을 열었다.

"솔직히 말하면 그렇다네."

장관에게나 귀빈이지, 그에게도 귀빈은 아니었다.

그래서 계속 예전에 봤을 때처럼 말을 놓았다.

애초부터 그는 시험과 면접을 통해 들어온 요원들과 달리, 스카우트된 사람이니 말이다.

"어떻게 하면 믿으시겠습니까?"

"그걸 어찌한다고 믿고 자시고 할 것이 있겠나."

김도성은 이미 조직 외에 인물이 개입되었다고 여겼다.

"일단 말씀드리자면 저는 제 개인적인 이익을 위해 끼어들게 된 것이 아닙니다. 그건 앞으로도 마찬가지고요."

"나중에 벌어질 일을 누가 알겠는가!"

고지식하기로는 누구든 김도성을 따라오기가 힘들었다.

그래서 훈련할 때에도 자신만의 색깔이 너무나 강해서 부대원들이 힘들어 했다. 가뜩이나 그런 성격이니 지금과 같은 상황에서 타협점이란 없어 보였다.

다만, 그에게도 약점은 있었다.

"유중환 사범님께서 제 추천인이 되어주신다면요?"

"지금 누구라고 했나!"

잔뜩 인상을 쓰고 있던 김도성의 미간이 다리미질한 것처럼 쫙 펴졌다.

"유중환 사범님께서 저희와 함께해주신다면 말입니다. 그리고 제가 방금 말씀드린 것처럼 개인적인 이익을 위해 이 조직에 개입하지 않겠다는 신뢰로도 말이죠."

김도성은 깜짝 놀랄 수밖에 없었다. 그의 25년간의 무술 인생이 유중환으로 인해 시작되었기 때문이다.

"크음… 내가 알기로 유중환 사범님은 최근에 은거하셨다고 들었네. 그런데 자네가 어떻게 안단 말인가?"

"은거하시기 전에 경찰교육원에서 잠시 교관을 맡아주셨습니다. 저도 그때 알고 지내게 되어 아직 안부를 여쭙고 지냅니다."

차준혁은 있는 그대로 설명해주었다. 그러나 김도성은 믿지 못하겠는지 의심스런 표정이었다.

"아무리 그래도 그분께서 자네의 속내까지 증명할 수는 없지 않은가."

"1년간 알고 지내며 유 사범님께 사제지간으로서 지도를 받았다고 해도 말인가요?"

놀라움을 자아냈던 그의 얼굴은 이제 딱딱하게 굳었다.

사실 유중환은 절대로 사적인 제자를 두지 않기로 유명했기 때문이다.

"말도 안 되는 소리하지 말게!"

"못 믿으시겠다면 이리로 모셔올 수도 있습니다."

"무, 무슨……."

원래 유중환이 김도성의 위치에 있어야 했다.

하지만 차준혁이 유중환을 먼저 만나 태무도의 묘리를 일깨워주는 바람에 본래의 운명이 어긋나버렸다.

물론 차준혁은 유중환을 설득할 자신도 있었기에 고지식한 김도성에게 지금과 같이 제안했다.

"무위로써 얻은 신뢰만이 도리에 어긋나지 않음이다. 그게 유 사범님의 무술 철학이 아닐까 하는데요."

과거에 유중환이 입에 달고 살던 말이다.

유중환의 팬과 같은 김도성이 그 말을 모를 리가 없다.

"그럼 자네가 유 사범님의 무위를 보여줄 수 있다는 말인가?"

"김 교관님의 신뢰를 얻을 수 있다면요."

차준혁이 자신 있게 대답하자 김도성은 얕은 침음을 흘리며 잠시 고민했다. 오래가지는 않았다.

얼마 지나지 않아 차준혁에게 말했다.

"자네도 나름 실력 있는 특수부대원이었단 걸 안다네. 하지만 내가 가르친 녀석들도 만만치 않을 거야."

"몇 명이든 상관없습니다."

"차준혁 대표님! 이러시면 안 됩니다!"

서승원은 깜짝 놀라 말리려고 했다. 이대로라면 IIS 독립 계획을 제대로 시작하기도 전에 관계가 무너질지도 몰랐다.

"괜찮습니다. 그리고 김도성 교관님도 우리와 같이할 사람이니 제대로 납득되어야 하니까요."

현재 김도성은 원래 유중환이 했어야 할 IIS의 무술 교관이었다. 예비요원들까지 무사히 포섭하려면 유일한 스승인 김도성을 꼭 회유해야만 했다.

차준혁은 사람들과 같이 무술 훈련장으로 들어갔다.

"무슨 일이에요?"

유리 너머로 본 대화 분위기가 좋지 못했다.

때문에 신지연이 가까이 다가와서 물었다.

"몸을 좀 풀어야 할 것 같아서요."

차준혁은 정장 재킷과 넥타이를 벗어서 그녀에게 넘겨주었다.

"무슨 몸을요?"

"중요한 일이 생겨서요."

그사이 예비요원들 앞으로 다가간 김도성이 외쳤다.

"056번과 103번은 앞으로!

IIS 예비요원은 군대 훈련소처럼 번호로 불린다.

그렇게 호명된 두 사내가 앞으로 나섰다.

척!

까만 피부에 근육질 사내와 곱상하게 생긴 사내였다.

신지연에게 옷을 맡긴 차준혁은 소매를 걷다가 그들을 보게 되었다.

'배진수 팀장님하고 유강수……?'

그들은 차준혁이 IIS 요원으로 콩고에서 마지막 임무를 수행하다가 죽은 이들이었다.

'이맘쯤이면 여기서 훈련을 받았을 시기였구나.'

팀의 지휘관이던 배진수와 저격수였던 유강수.

그들을 오랜만에 본 차준혁은 감회가 새로웠다.

"이 둘을 격투로 이긴다면 자네의 말대로 해주지."

김도성은 그런 차준혁의 기분을 모르고 두 사람을 내세웠다.

"그것만으로 요원들까지 설득하긴 힘들 것 같은데요? 차라리 SFS로 하는 것이 어떻습니까?"

SFS란 Shooting(사격), Fight(격투), Sniping(저격)으로 특수부대에서 사용하는 은어였다. 단순하게 3판 2승제로, 부대끼리 실력을 알아볼 때 사용되었다.

"자네가 아무리 뛰어났던 특수부대원이었다 해도, 이들을 이길 수 있다고 생각하는가?"

차준혁이 정말로 유중환에게 가르침을 받았다면 격투술

70

이 상당할지도 몰랐다. 그러나 사격은 다르다.

특히 방금 전 호명된 예비요원 유강수는 저격으로 국가 대표 후보까지 올랐던 인물이었다. 게다가 배진수는 현 예비요원 중에서 격투술 실력이 제일 뛰어났다.

그의 입장에서는 SFS를 꺼낸 차준혁의 기세등등한 모습이 같잖고 우스워 보였다.

"길고 짧은 것은 대봐야 알겠죠."

"자네가 진다면 어떻게 하겠는가."

내기에는 조건이 필요한 법이다.

그것은 차준혁도 잘 알기에 서슴없이 말했다.

"앞으로 이 조직의 일에는 어떤 간섭도, 방문도 하지 않겠습니다. 대신 제가 이길 경우에는 제시된 모든 조건을 받아들이고 따라주셨으면 합니다."

그 조건에는 일반요원들에 대한 회유도 포함되었다.

"좋아!"

솔직히 김도성을 설득하는 데 있어서는 유중환만 불러와도 충분했다. 하지만 휘하요원들은 그의 소관이다.

그들을 모두 포함하여 IIS 요원으로 만들려면 김도성을 완벽하게 설득해야 할 필요가 있었다.

"대표님! 무슨 일을 하시려는 거예요! 그리고 SFS는 뭐고요?"

"사격, 격투, 저격으로 내기하는 겁니다."

"내기요?"

경찰 출신인 신지연은 당연히 모를 수밖에 없었다.

그리고 뒤늦게 이해하고는 더욱 놀란 표정을 지었다.

"금방 끝날 겁니다. 김 교관님. 이제 시작해볼까요?"

"후회하지 말길 바라네."

차준혁의 대답과 함께 훈련장에 있던 모든 인원이 사격장으로 움직였다.

공들인 탑이 무너지지 않도록

　"그쪽에서는 특화된 인원으로 참가해도 괜찮습니다."

　사격장에 도착한 차준혁이 김도성에게 말했다.

　본래 SFS란 3명이 팀을 이루어 겨루지만 차준혁은 지금 혼자였다. 그래서 김도성은 예비요원에서 한 명만 차출하려고 했다.

　"말도 안 되는 소리를 하는군."

　한 명의 상대에게 SFS 종목에 특화된 요원을 쓴다면 쪽 팔린 일이기 때문이다.

　"예전에 제 실력으로 생각하신다면 힘들 텐데요."

　철컥! 철컥!

차준혁은 테이블에 놓인 Glock17 권총을 순식간에 분해했다가 다시 조립한 후, 탄창으로 9mm 패러벨럼 탄환 17발을 채워 넣었다.

"썩어도 준치라더니. 그만두고도 총을 계속 만진 것만 같군."

차준혁은 특수부대를 전역한 지 3년이 된 상태였다.

그럼에도 아무렇지 않게 총기를 분해하고 조립해버리니 감탄사가 흘러나왔다.

"뼛속까지 새겨진 걸 쉽게 잊을 수 있나요."

총을 만진 것만 특수부대, IIS 요원, 용병으로 10년이 넘는다. 게다가 전성기 시절의 몸 상태를 만들기 위해 꾸준히 단련해 왔기에 지금은 그 격차가 매우 좁혀졌다. 덕분에 콩고에서도 프로용병들을 상대로 싸울 수 있었다.

"아무리 그래도 총은 하루만 놓아도 녹스는 법이지."

"정말 그럴까요?"

차준혁은 대답과 함께 초감각을 일으켜 표적을 겨눴다.

'무풍, 거리 50m. 거리도 적당하네.'

철컥! 타탕! 탕! 타탕! 타탕!

장전 소리가 울리더니 탄환이 쉼 없이 발사됐다. 17번의 총성이 울리면서 모든 이들의 시선이 몰려들었다.

위이이이!

사격이 끝나자 구멍이 숭숭 뚫린 표적이 다가왔다.

이내 사람들의 표정은 경악으로 물들었다.

정확히 머리에 9발과 심장에 8발.

검은색 원 주위를 따라 구멍이 뚫려 있었다.

그것은 우연으로도 절대로 불가능한 사격이었다.

"무슨 말도 안 되는……."

실탄 사격은 발사 시에 심한 반동이 생긴다.

때문에 연속적으로 표적을 맞힐 수는 없다.

하지만 쉴 틈도 없이 발사된 총알은 그런 절대이론을 무시하고 일정하게 박혀 있었다.

"이보다 잘 맞추실 수 있다면 그쪽도 쏘게 하시죠."

역전할 수 있을 정도의 결과라면 모를까. 예비요원 중에서 그 실력을 따라갈 사람은 없었다.

"어떻게 되먹은 실력인지 모르지만… 일반 사격의 승패는 이미 결정된 것 같군."

김도성의 대답에 어떤 요원도 반박하지 못했다.

다들 조금씩 흔들리는 표적만 쳐다볼 뿐이었다.

'너무 심했나?'

사격 반동이 일어남과 동시에 차준혁은 초감각과 태중으로 손끝에 조준을 바로 잡아서 방아쇠를 당겼다.

능력과 무위의 결합은 차준혁의 예상보다 엄청난 결과를 보여줬다.

"다음은 순서대로 격투로 하겠나? 아니면 저격으로 하겠나."

"사격을 이어서 하죠."

차준혁은 그렇게 대답하며 들고 있던 권총의 탄창을 빼서 정리해 놓았다.

"바로 옆이니 괜찮겠지. 우리는 특화된 요원으로 참가시키겠네."

저격에 참가한 인원은 저격의 스페셜리스트인 유강수였다. 저격에서는 가능성이 있다고 생각했다.

엄연히 일반 사격과 저격은 사격거리부터 다르니 자신들에게도 가능성이 있었다. 일단 반동이 더 심하니 방금 전처럼 연속 사격은 절대로 불가능하기 때문이다.

타앙! 탕! 타앙!

유강수의 저격 실력은 국가대표가 되고도 남았다.

100~300m거리에 있는 5개의 표적 가운데 부분을 정확하게 맞혔다.

점수는 총점 500점 중에 490점.

차준혁이 퍼펙트로 클리어하지 않으면 이길 수 없었다.

김도성은 이번만큼은 이겼다고 자부했다.

그러나 그의 예상은 철저하게 빗나갔다.

'동남풍 23m/s, 거리 230m. Clear.'

타앙! 탕! 타앙!

초감각을 더욱 정교하게 쓸 수 있는 차준혁은 일반 사격보다 정확했다.

그로 인해 점수는 500점 만점.

그의 저격 실력을 보게 된 사람들은 또다시 경악했다.

"……."

"이걸로 2승을 달성했는데… 어찌하시겠습니까?"

3판 중에 2승을 했으니 마지막 격투는 하지 않아도 되었다. 하지만 김도성을 납득시키기 위해서는 사격만으로 부족했다.

"크음……."

"마지막도 하시죠. 그래야 확실하니까요. 이건 동정이 아니라 조직의 미래를 위해서 하는 것이니 부탁드리겠습니다."

차준혁은 자신이 이겼음에도 먼저 고개를 숙였다.

그러자 김도성은 목을 가다듬고 어쩔 수 없다는 듯이 말했다.

"그렇다면 어쩔 수 없지."

차준혁이 정말 유중환의 제자인지 궁금했기 때문이다.

사람들은 다시 무술 훈련장으로 자리를 옮겼다.

"대표님. 원래 그렇게 사격을 잘하셨어요?"

"특수부대 출신이었으니까요."

그의 대답에 앞에 서서 걸어가던 서승원이나 주상원, 이정수 등은 황당했다.

'현직 특수부대원도 그렇게는 못 할 텐데…….'

김도성이나 방금 전 사격 대결을 펼친 유강수도 마찬가지였다.

그사이 무술 훈련장에 도착한 사람들은 가운데를 넓게 비웠다. 차준혁은 여전히 셔츠의 소매를 걷은 채 섰다.

"여기서 그만하겠다고 하세요. 어차피 승패는 갈렸잖아요."

신지연은 여전히 걱정하며 다가왔다.

"괜찮아요."

"하지만 저 사람들을 보세요. 전문적으로 훈련을 받았다고요."

그녀도 차준혁이 특수부대출신으로 훈련받았다는 것은 알지만 현역과는 차이가 있다고 생각했다.

"아까 사격 실력을 보셨잖아요. 제 무술 실력도 그만큼 되니 걱정하지 않으셔도 돼요."

"그래도……."

"이제 시작할 테니 저기로 가서 지켜보세요."

신지연은 어쩔 수 없다고 생각했는지 걱정스런 얼굴로 걸어 나갔다.

그사이 IIS 측에서는 검은색 도복 차림의 배진수가 나왔다. 그는 매우 진지한 표정으로 도복의 끈을 꽉 졸라맸다.

"김도성 교관님은 안 나서십니까?"

"본디 스승의 위치에 선 사람이 제자의 상대와 싸울 수는 없지 않겠나."

"유 사범님이 어느 정도의 경지에 오르셨는지 궁금하시다면 직접 경험해보시는 것도 좋으실 텐데요."

차준혁은 직접 싸워보는 것이 그를 설득하기에 제일 쉬운 방법이라고 여겼다. 그러나 김도성이 한 말도 틀리지 않았기에 더 이상 설득하지 않았다.

"일단 어떤 것인지 보여주게나."

가운데로 나온 배진수가 차준혁과 마주 보고 섰다.

"도복으로 갈아입지 않으십니까?"

배진수는 화가 난 듯한 표정이었다.

지금 대결의 의미를 이해했지만 한 사람의 무도가로서 무시당한 것이나 마찬가지였다.

"실전에서 복장을 골라 입지는 않으니까요."

"틀린 말씀은 아니군요. 그럼 시작하겠습니다."

두 사람은 자세를 잡았다. 동시에 차준혁은 초감각을 일으키면서 태중의 호흡을 가다듬었다.

보통 사람이라면 이렇게까지 할 필요가 없었다.

그러나 상대는 차준혁이 회귀 전 IIS 요원일 당시 유중환에게 인정받았던 사내였다. 시기상으로 그때만큼 강하지는 않겠지만 긴장을 놓기에는 지금도 위험한 실력을 가지고 있었다.

'이렇게 붙어보는 건 5년만인가.'

차준혁은 그와 함께 콩고로 마지막 임무를 떠나기 전에 붙었던 것을 떠올리면서 살기를 더욱 피워 올렸다.

분위기가 서늘해지기 시작했다.

두 사람을 주시하던 사람들은 급격하게 바뀐 분위기를

감지하며 차준혁을 쳐다봤다. 다들 무술을 익힌 이들이기에 누가 살기를 흘리는지 어렵지 않게 알 수 있었다.

김도성은 차준혁의 사격 실력과 더불어 지금의 살기가 믿기지 않았다.

때문에 옆에 선 서승원에게 조심스럽게 물었다.

"도대체 저 차준혁이란 사람의 정체가 무엇입니까?"

"처음에는 유능한 CEO라고 생각했네만, 지금은 아무런 짐작조차 되지 않네."

무술가로서 살기를 표면적으로 내뿜기는 어려웠다.

그것은 죽음을 진심으로 이해하고 깨달아야 가능한 힘이었다. 이제 고작 20대 중반을 넘어선 차준혁이 보여주기는 더더욱 힘들었다.

"어쩌면… 차준혁 대표가 정말 유중환 사범님의 제자일지도 모르겠군요."

"그렇다면 자네 생각은 어찌 되는가."

서승원은 IIS의 불화를 잠재울지 모른다고 생각하면서 물었다.

"인정해야겠죠. 더불어 차준혁 대표가 유중환 사범님까지 데려온다면 현 조직은 더욱 큰 힘을 가질 겁니다."

유중환은 무술가들 사이에서 유명했다. 현재 예비요원들도 그의 이름을 한 번쯤은 들어봤을 정도였다.

그런 유중환의 가르침이 IIS에 전파된다면 더욱 굳건한 무력을 지니게 됨과 마찬가지였다.

잠시 대치하던 차준혁과 배진수는 그들의 대화가 끝나기를 기다렸다는 듯이 발걸음을 떼었다.

파파팍!

일격필살(一擊必殺).

요원으로서 익힌 무술에 이격은 필요하지 않다.

게다가 배진수는 차준혁에게서 뿜어져 나온 살기를 느끼고 주저할 수 없었다. 오히려 더 빨리 끝내야만 한다고 생각했다.

그렇게 배진수의 주먹이 횡격(橫擊)을 노리며 차준혁의 옆으로 들어왔다.

갈비뼈와 폐를 같이 노릴 수 있는 위치였다.

차준혁은 그와 동시에 태중의 호흡을 가볍게 내뱉었다. 그리고 무회를 펼쳐 주먹을 뒤로 흘려버리더니, 바깥쪽으로 나간 배진수의 팔과 함께 그의 품으로 파고들었다.

"이크!"

파팍!

깜짝 놀란 배진수는 급히 왼쪽 무릎을 쳐올리며 옆으로 도망치듯이 몸을 옮겼다.

"방금 전 기술은 중국 권법의 화경입니까?"

"비슷한 것이죠."

배진수도 나름 무술 도합 12단을 자랑하는 고수였다.

무술을 익히면서 중국 권법도 접해보았기에 차준혁의 기술과 비슷다는 것을 짐작할 수 있었다.

"거기서 안쪽을 노리시다니… 생각보다 점잖은 분은 아니셨군요."

"후(後)의 선(先). 어떤 경우든 방어만으로 끝내선 안 된다고 배워서 말이죠."

"무시무시하군요."

차준혁은 초감각을 최대한 끌어올려 공격해볼까도 했지만 너무 어이없는 승부가 될지도 몰랐다. 그렇게 해서는 상대방을 승패로 납득시키기가 힘들었다.

서로에 대한 공격은 그 대화를 끝으로 다시 이어졌다.

'역시 예비요원으로 훈련받을 때도 격투 기술만큼은 최고였지.'

배진수의 공격이 정신없이 들어왔다.

이에 차준혁은 무회와 격타로 그의 공격을 방어하면서 틈을 찾았다.

팍! 휘익!

우드득!

"크윽……!"

한순간 차준혁은 그의 발차기를 잡아 무릎을 역관절로 꺾으면서 엎어치기를 펼쳤다. 일반 사람이면 무릎이 꺾이면서 바닥으로 내쳐졌을 것이다. 하지만 배진수는 남은 발로 뛰어올라 차준혁의 머리를 노렸다.

"이런!"

차준혁은 머리를 당할 바에야 놓는 것이 우선이라고 여

겼다. 동시에 발차기의 궤적을 피하며 급히 뒤로 빠질 수밖에 없었다.

공중에 뜬 배진수는 그대로 바닥을 굴렀다.

그러나 무릎이 살짝 꺾인 탓에 곧장 일어나지 못하고 손으로 어루만지면서 정면을 주시했다.

"그만!"

조용히 지켜보던 김도성이 외쳤다.

"서로의 실력을 알았으니 그만하도록!"

"계속할 수 있습니다!"

배진수는 공격만 했음에도 한 번도 성공하지 못한 것이 분했다.

"자네가 생각하기에 차준혁 대표가 전력을 다한 것 같은가?"

"그건……."

계속된 공격으로 인해 그는 숨이 턱까지 차올랐다. 반면 차준혁은 단순한 호흡조차 흐트러지지 않은 상태였다.

누가 봐도 승패에 대한 판정은 뻔했다.

"…제가 졌습니다."

차준혁의 상태를 본 배진수 또한 자신이 휘둘리기만 한 것을 알 수 있었다.

"올곧은 무술가일수록 시야가 넓어야 하지. 아무튼 자네 실력도 더 성장했단 것을 알 수 있었네."

김도성은 그를 위안하듯이 어깨를 두드려주었다.

"정말 유중환 사범님에게 가르침을 받은 것 같군. 차 대표가 보여준 무술은 무엇인가?"

김도성은 차준혁이 보여준 기술에서 여러 무술의 형(形)을 발견했다. 다만 그 흐름이 끊기지 않고 본래 하나의 무술처럼 이어졌다. 누군가 무술의 형태를 따로 만든 것이라면 그것이야말로 획기적인 발견이었다.

"태무도라는 무술입니다. 유중환 사범님께서 이름을 지었죠.

"정말 새로운 무술을 창안하신 것인가?"

김도성은 감탄사를 터뜨렸다.

"지금은 태무도의 묘리를 파보신다고 진룡사라는 사찰에 기거 중이십니다."

"진룡사에 계셨군!"

김도성도 아는 곳인 것 같았다. 그러면서 지금까지 반발했던 감정들을 녹이듯이 웃음을 지어 보였다.

"제 실력을 확인하셨다면 아까의 내기는 제 생각대로 결정해도 되겠습니까?"

"그래도 좋지만… 딱 하나 조건이 있네."

"무엇인가요?"

차준혁이 고개를 갸웃거렸다.

"유중환 사범님을 모셔올 수 있겠나? 그리해준다면 무엇이든 도와주겠네."

"안 그래도 곧바로 찾아가 말씀드릴 생각이었습니다. 설

득할 수 있으니 걱정하지 않으셔도 됩니다."

애초부터 차준혁도 IIS가 자리 잡기 위해서는 유중환이 필요하다고 생각했다. 하지만 그 전에 IIS의 내부 상황을 파악해야 하기에 먼저 들렀던 것뿐이었다.

"알았네. 그럼 기대하도록 하지. 하하하하!"

김도성은 기분이 정말 좋아졌는지 시원하게 웃었다.

그사이 신지연은 옷을 든 채 조마조마한 표정으로 다가와 서 있었다.

"표정이 왜 그래요?"

"제가 얼마나 놀랐는지 알아요?"

신지연은 차준혁이 처음 공격당할 때 배진수의 움직임을 놓쳤다. 그 순간 차준혁의 옆구리로 들어온 공격에 이어 배진수의 무릎이 쳐 올라오자 그녀로서는 식겁할 수밖에 없었다.

"이겼으면 된 거죠. 그보다 지연 씨. 겁이 많은 것은 여전하네요."

"예……?"

순간 차준혁은 신지연이 반란군에게 인질로 잡혔을 때를 떠올렸다. 얼마나 무서워했는지 그녀는 상황이 종료되고 나서 차준혁을 붙들고 울어댔다.

"아, 저번에 조폭들에게 붙잡혔을 때요."

아차 싶었던 차준혁은 비슷한 상황을 떠올리면서 대답했다.

"아이, 참! 창피한 일을 왜 꺼내요!"

"창피했어요?"

"무서웠어요! 하지만 지금은…….”

신지연은 그때 들었던 차준혁의 말을 떠올리면서 얼굴을 붉혔다.

"또다시 너를 잃지 않을 거야……!"

차준혁이 신지연을 품에 안은 채 어느 때보다 진지한 목소리로 말했으니 쉽게 잊을 수 없었다.

"하하하! 나쁜 놈들 손에 잡힐 일은 없을 거예요.”

그렇게 대답한 차준혁은 자신도 모르게 그녀의 머리를 헝클어트리듯 쓰다듬었다.

"아…….”

예전에도 차준혁이 했던 행동이었다.

"죄송해요. 저도 모르게…….”

"큼! 큼!"

화기애애한 분위기 탓에 옆으로 다가온 서승원이 헛기침을 해댔다.

차준혁과 신지연은 붉어진 얼굴로 그를 쳐다봤다.

"아, 하실 말씀이 있으십니까?"

"요원을 모두 살펴보셨으면 다음 것도 확인하셔야죠.”

"아닙니다. 유중환 사범님을 모셔 와야 하니 오늘 확인

88

은 여기까지만 하죠.”

서승원은 그의 대답을 듣고 살짝 놀랐다.

“그분을… 오늘 말입니까?”

“쇠뿔도 단김에 빼라고 하지 않습니까. 다행히 인근 지역에 계시니 바로 가보는 것도 좋겠죠.”

유중환이 기거 중인 진룡사는 태백산에 있었다. 지금 출발한다면 산을 걷는 시간까지 3시간 정도 예상됐다.

“저도 준비하도록 하죠.”

서승원도 유중환에 대해 알고 있었다. 그래서 IIS 창설을 준비할 때 1순위로 데려오려던 사람이었다.

하지만 갑작스럽게 그가 거절하자 어쩔 수 없이 2순위였던 김도성을 데려왔다. 그런 유중환을 모셔오는 데 자신이 예의를 보여야 한다고 생각한 것이다.

“아닙니다. 저 혼자서 가면 충분합니다.”

“저는요?”

둘도 아닌 혼자라는 말에 이번에는 신지연이 의문을 던졌다.

“여기서 기다려야죠. 그리고 진룡사는 산에 있어요. 등산로도 만들어지지 않은 곳이라 지금 차림으로는 갈 수 없어요.”

신지연은 이사를 도와주느라 나름 편한 옷차림이었지만 구두와 면바지를 입은 채 산을 타기는 힘들었다.

“장관님! 혹시 편한 옷을 빌릴 수 있을까요?”

"빌려줄 수야 있네만……."

서승원은 얼떨떨하게 대답했다. 물론 그의 대답처럼 여자 요원들을 위한 야전복이 언제나 준비되어 있었다.

그보다 불과 몇 시간 전만 해도 신지연은 서승원을 부담스러워했다. 그런데 뭔가 스위치가 들어온 것처럼 아무렇지 않아 했다.

"그럼 빌려주세요!"

"지연 씨. 올라가는 데 많이 힘들 거예요."

걸어가는 데 2시간이라는 예상은 차준혁이 혼자서 뛰어야 가능한 시간이다. 만약 신지연이 동행한다면 2배는 넘게 걸린다.

"괜찮아요! 그리고 무슨 일이든 같이 움직인다고 했잖아요!"

무슨 결심이라도 한 듯한 반응이었다.

차준혁은 뒷머리를 긁적이며 그녀를 빤히 쳐다봤다.

IIS 본부에서 태백산까지는 차로 대략 1시간 정도의 거리였다.

차준혁은 신지연과 함께 도착해서 산을 타기 시작했다.

"힘들지 않으세요?"

어느새 1시간이 넘도록 산만 탔다.

그 때문에 차준혁은 신지연이 걱정되어 뒤를 돌아보면서 물었다.

"괘, 괜찮아요. 그런데 진룡사라는 절이 굉장히 깊숙한 곳에 있나보네요."

숨이 턱 끝까지 차오른 그녀의 모습은 절대로 괜찮아 보이지 않았다.

"주지 스님 혼자서 유지하시는 사찰이라서 그래요."

"아앗!"

뒤따라오던 신지연은 뭔가 잘못 밟았는지 크게 휘청거리면서 주저앉았다.

"지연 씨!"

깜짝 놀란 차준혁은 그대로 비탈길을 스치듯이 내려가 그녀를 부축했다.

"구덩이를 못 보고 발을 헛딛었나 봐요……."

"잠깐 좀 볼게요."

신지연의 발목이 미세하게 부어오르고 있었다.

"이 정도면 걷기 힘들 것 같은데요."

"아, 아니에요! 아앗!"

억지로 몸을 일으키려던 신지연이 다시 휘청거리며 차준혁에게 기대었다.

"제대로 걷지도 못하잖아요. 거기다 이대로 가면 날도 저물 것 같아요."

"그럼 어떻게 해요?"

산속은 다른 곳보다 해가 빨리 졌다.

차준혁도 그것을 감안해 플래시를 챙겨 오긴 했지만 발목이 다친 신지연을 데리고 어두운 산을 탈 수는 없었다.

"어쩔 수 없죠. 업혀요."

"예?!"

"이래야 해가 완전히 저물기 전에 도착할 수 있을 거예요."

차준혁은 그녀를 향해 등을 내밀어 보였다.

"하지만……."

업히는 것이 부담스러운 신지연은 나무를 짚은 채 움직이지 않았다.

"계속 이러고 있으면 어두워질 거예요."

"주, 준혁 씨!"

차준혁은 뒤로 돌린 양손으로 그녀의 무릎 안쪽을 앞으로 내밀어 업히도록 만들었다.

"그렇게 무거운 것도 아니네요. 좀 더 먹고 살 좀 찌워야겠어요."

그렇게 신지연을 업은 차준혁은 일부러 장난스럽게 말하면서 산을 탔다. 신지연은 무척이나 쑥스러워 차준혁의 등에 얼굴을 묻고만 있었다.

타다닥—!

사람을 업었음에도 차준혁의 발걸음은 그다지 무겁지 않았다. 태중의 호흡으로 무게중심을 옮겨 오히려 일반인이

산을 타는 것보다 빠르게 움직였다.

등에 업혀 있던 신지연은 그가 너무 흔들림 없이 움직이는 같아 살며시 고개를 들었다.

차준혁은 점점 캄캄해지는 산속을 아무렇지 않게 헤쳐 올라가고 있었다.

"……."

그는 IIS에서 보여준 실력과 더불어 또다시 그녀를 놀라게 만들었다.

그렇게 차준혁은 1시간가량 산속을 달려 진룡사 앞에 도착할 수 있었다.

"여기가 진룡사예요."

다행히 해가 완전히 저물기 직전이었다.

신지연은 도착했다는 안도보다 바람처럼 달려온 차준혁을 신기하게 쳐다봤다.

"왜 그러세요?"

그 물음과 함께 차준혁이 고개를 돌리자 두 사람의 얼굴이 코앞까지 가까워졌다.

"아, 아니에요."

순식간에 얼굴이 붉어진 신지연은 연신 고개를 저었다.

"그럼 들어가보죠."

차준혁은 커다란 나무문을 열고 걸음을 옮겼다.

그런데 사찰 마당에 유중환과 진명 스님이 나와 있었다.

"숲에서 요란스런 기척이 느껴진다 싶더니… 네 녀석이

었구나.”

최대한 빨리 올라오기 위해 차준혁은 초감각과 태무도의 호흡을 펼쳤다. 그로 인해 사찰에 있던 유중환이 먼저 기척을 느꼈던 것이다.

“오랜만에 뵙습니다. 사범님, 진명 스님.”

“이번에는 어인 일로 오셨는지요.”

진명 스님은 옅은 미소를 지어 보이면서 양손을 모아 차준혁에게 인사했다.

“중요한 일이 있어서 왔습니다.”

“헌데, 뒤에 시주께서는 어딘가 불편하신가보군요.”

진명 스님이 등에 업힌 신지연을 보고 물었다.

“산을 올라오던 중에 발목을 접질렸습니다. 치료 좀 해 주실 수 있을까요?”

한때 의사였던 진명 스님이라면 접질린 정도야 어렵지 않게 조치할 수 있었다.

“한 번 봐드리지요.”

차준혁은 신지연을 전각 앞마루에 앉혀놓았다.

“고마워요. 준혁 씨. 그리고 미안해요. 저 때문에 힘드셨죠?”

“저는 멀쩡한걸요.”

두 사람이 그렇게 대화를 나누자 뒤를 따라온 유중환이 묘한 표정으로 혀를 찼다.

“어허~! 밤이 찾아올 시각에 이런 사찰로 아가씨를 어찌

하여 데려왔을꼬?"

누가 봐도 의심이 가득한 눈빛이었다.

그 의미를 해석한 신지연의 얼굴은 더욱 붉어졌다.

이에 차준혁은 살짝 발끈하면서 입을 열었다.

"제 비서입니다!"

"비서? 네 녀석이 뭔데 비서를 데리고 있느냐."

전기도 들어오지 않는 사찰인 만큼 유중환이 바깥에서의 소식을 알 리가 없었다.

"이번에 경찰을 관두고 기업의 대표가 됐습니다."

"기업? 네 녀석이 사업가라도 되었다는 말 같구나."

"맞습니다."

누구라도 깜짝 놀랄 대답이었지만 유중환은 여전히 차분한 표정을 유지했다.

"범상치 않은 녀석이라 생각은 했지만 제법이구나. 헌데 중요한 일은 무엇이냐?"

그의 물음이 이어지는 사이, 진명 스님이 약초와 붕대를 가져와 신지연의 발목을 치료해주었다.

"아얏!"

신지연은 통증이 심한지 살짝 미간을 찌푸렸다.

"다행히 인대가 찢어진 것은 아닌 듯싶습니다. 이대로 2~3일이면 치료될 것 같네요."

"고맙습니다. 스님."

치료를 받은 신지연이 그에게 감사를 표했다.

차준혁은 그 모습을 지켜보다가 유중환의 물음에 대답했다.

"예전에 사범님께서 국방부의 초청을 받으신 적이 있었지 않습니까."

"있지. 그건 왜 묻느냐."

원래 유중환은 경찰교육원에서 무술 교관을 마치고 IIS로 들어갈 예정이었다. 그리고 IIS에서 태무도의 실마리를 잡아 예비요원들에게 가르쳤어야 했다.

하지만 차준혁을 먼저 만나는 바람에 지금처럼 태무도의 묘리를 깨우치겠다며 진룡사에서 기거했다.

"그 문제로 같이 가주셨으면 합니다."

"네가 하려는 일과 무슨 연관이 있는 것이더냐?"

"맞습니다. 제가 대표가 된 기업과 사범님께서 가르침을 주시려 했던 기관이 연을 맺게 되었습니다."

그의 대답에 유중환은 목젖까지 내려온 자신의 수염을 쓸어내렸다.

"거참… 묘한 우연이로군. 애초에 네 녀석은 그곳과 연줄이 없었을 텐데 말이야."

"사범님께서 그곳이 자리 잡을 수 있도록 도와주셨으면 합니다."

"나조차도 지금 가르침을 받는 입장이거늘… 누가 누구에게 도움을 주겠느냐."

유중환은 태무도라는 새로운 즐거움을 깨우치는 중이니

차준혁의 부탁에 흥미가 생기지 않았다. 그래서 거절하려는지 살짝 말을 돌리면서 대답했다.

"사실 대한민국을 지배하려는 무리들이 있습니다. 제가 부탁드리는 곳은 그들을 막기 위한 기관입니다."

"혹시… 겨레회더냐?"

그 대답과 함께 차준혁은 물론 신지연도 얼굴을 굳히면서 그를 쳐다봤다.

"…겨레회를 알고 계셨습니까?"

"나 또한 속했던 곳이니 모를 리가 있나."

유중환은 무술에 조예가 깊다보니 군대, 경찰 쪽으로 인맥이 넓었다. 거기다 인품 또한 누구보다 우수했다.

그런 사람을 겨레회에서 가만히 놔뒀을 리가 없었다.

"지금은 아니시라는 겁니까?"

"한때 장로로서 지냈으나, 좋지 못한 일로 물러나 지금처럼 지내고 있는 것이지."

순간 차준혁은 그가 물러날 만한 일이 무엇이었을지를 떠올려봤다. 물론 추측하기는 어렵지 않았다.

겨레회의 장로가 스스로 물러날 정도라면 내부에서 감당하기 힘든 사건임이 분명했다.

"혹시 그 사건이 국정원 사건입니까?"

"네 녀석도 겨레회였더냐?"

침착하던 유중환은 차준혁이 너무나 상세하게 알고 있자 살짝 놀라면서 물었다.

"저는 아닙니다. 대신 여기 지연 씨가 겨레조의 일원입니다."

그 말과 함께 신지연은 급히 고개를 숙였다.

"겨레조 신지연. 전(前) 장로님을 뵙습니다."

"인사는 되었다. 그보다 겨레회는 절대 일원이 아니면 서로 정체를 드러내지 않을 터인데… 너는 어떻게 된 것이더냐."

유중환은 장로였던 만큼 겨레회에 대해 누구보다 잘 알았다. 그로 인해 차준혁은 그를 납득시키기 위해 겨레회의 접촉과 콩고에서의 일들을 설명해줄 수밖에 없었다.

한참 동안 설명이 이어지면서 유중환의 고개가 수차례 끄덕여졌다. 그러면서 탄식도 흘러나왔다가 이내 조용히 입을 열었다.

"그러했군. 내가 손을 놓게 된 이후에 참으로 많은 일들이 있었어."

"저는 그들을 도와 사라진 겨레단의 맥을 다시 잇게 해줄 생각입니다. 그리고 그곳에는 사범님의 힘도 필요합니다."

차준혁의 목소리는 한없이 진지했다.

그것을 느낀 유중환도 쉽게 생각하지 않고 진중하게 생각한 후에 대답해주었다.

"알겠다. 내일 바로 가보도록 하자. 오늘은 밤도 깊었으니 그만 쉬어라."

이야기가 길어지다 보니 어느새 달이 밤하늘 가운데로 떠오르고 있었다.

"그런데 겨레회의 장로셨으면서 바로 도움을 주지 않으셨던 겁니까?"

차준혁이 궁금했던 부분이 있었다.

유중환이 전 장로였다면 태무도에 대해 궁금증이 강했다고 해도 IIS의 무술 교관 자리를 거절하지 않았을 것 같았기 때문이다.

그 의중을 유중환도 이해했는지 고개를 저어 보였다.

"도와주려 했지만 힘이 너무도 부족하단 것을 느꼈기 때문이지. 그러다 자네를 만나 실마리를 얻지 않았나."

바로 태무도를 말함이었다. 무술의 묘리만 파악하여 단순하면서도 흐름을 중시한 체계.

그는 그것을 제대로 익혀 겨레회를 도와줄 생각이었던 것이다.

"그럼 긍정적으로 생각해주시겠다는 말씀이군요."

"아무튼 나머지는 내일 이야기하지. 진명. 준혁 군과 아가씨에게 방을 좀 내어주게나."

"이 방을 사용하면 될 것이네."

진명 스님은 신지연이 앉은 자리 뒤의 문을 가리켰다.

지난번에 차준혁이 머물렀던 방이었다.

"헌데, 이불이 한 채밖에 없네만… 어찌하는가."

애초부터 진룡사는 사람이 찾아오지 않는 사찰이었다.

그런 곳에서 손님을 들였으니 준비된 이불이 많을 리가
없었다.

"그건 둘이서 알아서 하라지."

유중환은 그렇게 말한 뒤 진명 스님과 같이 발걸음을 옮
겼다.

그사이 차준혁은 머쓱해진 얼굴로 신지연을 조심스럽게
쳐다봤다. 두 사람은 눈이 마주치자 더욱 어색해졌다.

"방부터 좀 확인할게요."

차준혁은 그녀를 지나쳐 방문을 열었다. 진명 스님이 미
리 불을 떼어 놨는지 바닥에서 열기가 올라왔다.

"따뜻하고 좋네요. 들어와서 앉아 계세요."

한 채밖에 없는 이불을 깔아준 차준혁은 그녀를 부축해
서 방으로 데리고 들어왔다.

"준혁 씨는요?"

"마루에서 자면 돼요."

"어떻게 그래요. 저는 괜찮으니까 방에서 주무세요."

봄이 되었지만 강원도 산세는 아직 겨울이 끝나지 않은
것처럼 쌀쌀했다.

그런 날씨에 바깥에서 차준혁이 잔다고 하니 신지연은
당연히 싫었다.

"그래도… 흠~ 잠깐 바람 좀 쐬고 올게요."

더욱 민망해진 차준혁은 그대로 밖으로 나가 진룡사 안
을 산책하듯이 걷기 시작했다.

"후우… 왜 이렇게 긴장이 되지."

회귀 전에 그녀와 같이 잠도 잤다.

그러나 지금은 그런 관계까지 가지는 않았다. 물론 고백은 했지만 더 이상 어떻게 나가야 할지 몰랐다.

"어째… 일보다 더 어려운 것 같아."

차준혁은 그녀를 편하게 대하려 해봐도 행동으로 옮기기가 어려웠다.

그는 결국 진룡사 안을 3바퀴쯤 돈 후에 방으로 들어갈 수 있었다. 그리고 피곤함에 곤히 잠든 신지연의 얼굴을 쳐다보면서 밤을 지새웠다.

오뉴월에는 서리보다 벚꽃

IIS에는 이제 유중환까지 합류하게 되었다.

SFS의 승패로 차준혁의 합류를 어렵게 납득했던 김도성은 그를 만나게 되면서 모든 것을 받아들였다. 물론 정부와 독립되는 기관이니 충분한 설명이 필요했다.

그 부분은 국방부 장관인 서승원이 직접 나서주었다.

예비요원들은 서승원에게 직접 애국심을 확인할 기회를 제안 받게 된 것이라 더욱 기뻐했다.

모든 일들이 순차적으로 잘 진행되어 갔다.

한편, 그렇게 중요한 일보다 더 중요한 일들로 모인 세 여인이 있었다.

신지연과 차준희, 거기다 강혜까지.

세 사람은 서울지방경찰청 인근에 XX카페에서 머리를 맞대는 중이었다.

"음… 산골 구석에 처박힌 사찰에 가서도 아무런 일이 없었다고?"

"그게 말이 돼요?"

강혜는 신지연이 설명해준 일들을 다시 정리했다.

그러자 옆에서 차준희도 어이없다는 듯이 되물었다.

"정말 잠만 잤다는 거야?"

"…예. 제가 너무 피곤한 나머지 잠들어버려서……."

기운이 쭉 빠진 신지연이 고개를 끄덕였다.

"어떻게 그래? 준혁이 짜식… 그렇게 안 봤는데. 너무한 거 아닌가?"

"맞아요! 우리 오빠지만 너무해요!"

더욱 동조한 이들은 지금 이 자리에 없는 차준혁을 크게 나무랐다.

"고백은 받았다면서. 아무것도 없는 거야?"

"아직 없더라고요……."

신지연은 더욱 기어들어가는 목소리였다.

이에 강혜와 차준희는 더욱 분개했다.

"아주 미치고 팔짝 뛰겠네."

"차라리 언니가 말해보는 건 어때요?"

"내가?"

차준희의 제안에 신지연은 깜짝 놀랐다.

처음부터 차준혁을 알게 된 계기가 감시였다보니 미안한 감정이 우선적으로 들었다. 그래서 좋아한다는 확인이 있으면서도 먼저 말을 꺼내기가 힘들었다.

"우리 오빠가 워낙 목석같잖아요. 그러니 고백을 해도 그게 사귀어야 하는 건지 모를 수도 있어요."

"에이… 준혁이가 아무리 눈치가 없어도 그렇게까지 모를까?"

강혜는 차준혁이 경찰을 관두고 기업 대표가 됐음에도 편하게 불렀다. 물론 차준희도 그런 강혜를 편하게 부를 정도로 친해졌다.

"혜아 언니. 우리 오빠라면 그러고도 남아요."

"하긴… 사건 해결에만 특화된 인간인 건가?"

"에휴! 그럴지도 모르죠!"

이제는 대화가 한탄으로 이어지면서 세 여인의 얼굴이 어두워졌다.

"근데 준혁이 정도면 회사에서 인기 많지 않아?"

"오빠가요?"

"준혁 씨가요?"

갑자기 강혜가 화제를 다른 방향으로 돌려서 물었다.

"솔직히 키 크고, 얼굴은 잘생긴 편이잖아. 거기다 엄청난 기업의 대표면… 누가 봐도 1등 신랑감 아닌가?"

그 물음으로 두 여인의 고개가 자연스럽게 끄덕여졌다.

물론 차준혁은 경찰일 때도 지청에서 여자 경찰들에게 상당한 인기가 있었다. 다만 차준혁이 워낙 차가워 보이는 데다가 매일 수사만 하고 다니다보니 그녀들의 관심이 비춰질 틈이 없었다.

"이러다 들이대는 여자라도 나타나면 지연이는 어떻게 할 거야?"

"서, 설마요!"

더욱 놀란 신지연은 상상도 하기 싫다는 표정이었다.

"저도 인정하기는 싫지만… 틀린 말은 아니라고 봐요."

하지만 차준희도 그 말에 고개를 끄덕였다.

"…정말 그럴까?"

"지난번에 회사에 놀러 갔을 때 보니까 여직원들이 오빠에 대한 환상이 작렬이더라고요."

"진짜?"

차준희는 차준혁이 대표가 되고 나서 모이라이 본사에 놀러간 적이 있었다. 그때 화장실을 가다가 여직원들이 휴게실에서 수군거리는 소리를 듣게 되었다.

"응. 정말이에요."

사실 그때 직원들은 낙하산으로 들어온 신지연에 대해서도 험담을 해댔다. 그러나 차준희는 그녀가 신경 쓸까봐 거기까지 이야기하지는 않았다.

"그럼 지연이가 가만히 있으면 안 되지."

"맞아요. 지연이 언니가 뭐든 해야 할 것 같아요."

"뭐, 뭘……?"

신지연은 당황해서 어찌할 바를 몰랐다.

"뭐긴 뭐야. 사귀자고 해야지."

"제가요……?"

계속되는 강혜의 압박에 신지연은 당혹스러웠다.

하지만 차준혁의 성격을 생각한다면 그 방법이 더 빠를 수 있다고도 생각했다.

명천대학교는 골드라인의 음모로 인해 큰 위기를 겪었다가 힘겹게 벗어날 수 있었다.

물론 학장을 비롯해 대학 운영진들이 대거 교체되었다. 명천그룹의 임진환 회장도 그들의 부정은 도저히 눈감아줄 수 없었기 때문이다.

그 덕분에 폐교될지도 모른다고 불안해 했던 학생들은 큰 문제없이 대학을 계속 다닐 수 있었다.

이제 경제학과 2학년이 된 차준희는 어느 때보다 진지하게 강의를 들었다.

그러다가 점심시간이 되자 교재들을 챙겼다.

그때 주변에서 수군거리는 소리가 들렸다.

그녀를 욕하거나 악감정이 실린 목소리는 아니었다.

차준희가 모이라이의 대표가 된 차준혁의 여동생이라는 사실을 알게 된 뒤에 생긴 반응들이었다.

"……."

얼마 전까지만 해도 친했던 친구들은 무슨 벽이라도 생긴 것처럼 그녀와 거리를 두기 시작했다.

"준희야! 밥 먹으러 가자!"

그때 한 여학생이 가방을 챙기던 차준희의 목을 감싸며 소리쳤다.

"진아야! 여기는 웬일이야?"

1학년 때 차준희와 같이 교양을 들었던 사회학과 이진아였다.

"점심시간에 같이 밥이나 먹을까 해서 왔지! 연속으로 수업 있는 건 아니지?"

"없어."

"잘됐네! 학식이나 먹으러 가자!"

이진아는 가방을 마저 챙긴 차준희를 껴안고 학교 식당으로 어기적어기적 걸어갔다.

그렇게 두 사람은 학교 식당에 도착해 밥을 받아 자리를 잡고 앉았다.

금세 강의실에서처럼 식당의 분위기도 어수선해졌다.

"무슨 생각을 그렇게 해? 혹시 과 애들 때문에 그런 거야?"

묘해졌던 강의실 분위기와 마찬가지였다.

그것을 눈치챈 이진아는 그녀가 무엇을 고민하는지 알 수 있었다.

"그냥 좀……."

하루아침에 평범한 여대생이 엄청난 재벌의 여동생이 되었으니 당연한 반응이었다. 물론 차준희가 바란 일은 아니었지만 이것 또한 자신이 감수할 일이라고 여겼다.

"다들 부러워서 그래. 솔직히 나도 많이 부럽거든."

"너도?"

차라리 이진아처럼 대놓고 말하면 조금이라도 편했다.

수군대는 목소리가 좋은 소리든 나쁜 소리든 기분 좋을 리가 없었다.

"로또보다 더한 거잖아. 게다가 넌 공부도 잘하고, 예쁘기까지 하지. 누군들 샘이 안 나고 배기겠어? 진짜 재수 없고도 남아! 아유, 재수 없어!"

이진아는 만화에서 나올 법한 캐릭터처럼 고운 얼굴을 잔뜩 구기면서 말했다.

"풋!"

그녀의 장난에 차준희는 웃음이 터졌다.

"거봐. 웃으면 얼마나 좋아. 너는 그냥 신경 쓰지 마. 다들 익숙해지면 평소처럼 대해줄 거야."

"정말 그럴까?"

"당연하지! 그보다 남자 좀 소개받을래? 어차피 너희 오빠 재력이랑 네 미모 때문에 소개시켜 달라는 녀석들이긴

한데.”

이번에도 이진아는 장난기 가득한 어투였다.

그 덕분에 차준희는 배꼽까지 잡으면서 웃어댔다.

“야! 그만해! 무슨 중매쟁이 같아.”

“에헴! 이래 봬도 신입생 때부터 42명을 커플로 이어준 몸이시다!”

이진아는 나름 진지한 목소리였다.

그것은 차준희도 충분히 잘 알고 있었다. 그녀는 1학년 때 자신에게도 소개팅을 받으라며 지겹게 따라다녔다.

물론 받지는 않았지만 대단하단 것은 잘 알았다.

“알았으니까 그만해.”

“그보다 원래는 너 소개시켜 달라는 애들이 많았는데 이번 일 생기고서 확 없어지긴 했더라.”

“정말?”

차준희는 자신의 달라진 배경 때문에 더 극성일 것이라고 생각했다.

“그냥 기업도 아닌 모이라이잖아. 거기다 오빠가 평범한 기업인이 아니라 특수부대 및 형사 출신이니 잘못 접근했다가 좋지 못한 꼴을 당할지도 모른다고 생각하지 않겠어?”

“아…….”

차준혁이 콩고에서 반란군을 제압하는 모습이 세계적으로 방송되었다. 자신보다 큰 덩치의 사내를 순식간에 제압

하여 쓰러뜨렸으니, 웬만한 남자가 아니고서야 겁부터 집 어먹는 것이 당연했다.

"넌 이제 시집가기 글렀어! 이것아!"

"쳇. 나도 우리 오빠 무서워하는 남자라면 사절이야."

이제야 기분이 풀린 차준희는 미소를 머금고 밥을 먹었 다.

그렇게 두 사람이 밥을 먹으며 즐거운 대화를 하던 중에 한 여자가 옆으로 다가섰다.

"저기……."

순간 주변에서 웅성거리는 목소리가 들렸다.

"김서윤 아니야?"

"맞다. 김서윤이다. 우리 대학에 들어왔다더니."

김서윤은 17살부터 배우를 시작해 21살에 명천대학교 연극영화과로 들어온 유명한 연예인이었다.

차준희는 고개를 돌려 그녀를 쳐다봤다.

"TV에 나왔던 콩고 영웅 차준혁 대표님의 여동생 분 맞 으시죠?"

이제 명천대학교 학생이라면 누구나 알고 있는 사실이었 다.

그런데 그녀가 새삼스럽게 물어 오니 차준희는 고개를 갸웃거리다가 입을 열었다.

"그렇긴 한데요……."

"반가워요. 저는 김서윤이라고 해요."

그녀는 어깨까지 내려온 긴 머리를 찰랑거리면서 고개 숙여 악수를 권했다.

새하얀 얼굴에 자리 잡은 상큼한 미소에 주변에 서 있던 남자들이 가슴을 부여잡을 지경이었다.

"누군지는 알아요. 그런데 왜……?"

영화나 드라마에서 나오는 연예인이었기에 차준희가 모를 리가 없었다.

"제가 차준혁 대표님의 팬이에요. 그래서 말인데… 괜찮다면 준희 씨와 오빠 분을 파티에 초대하고 싶어요."

김서윤이 테이블 위로 초대장을 내밀었다.

검은색 바탕에 금빛으로 'Widely Region'이라는 글자가 박힌 고급스런 초대장이었다.

"저랑 오빠는 왜…요?"

갑작스런 초대를 이해하지 못한 차준희는 다시 고개를 갸웃거리며 물었다.

"저희 모임 사람들이 차준혁 대표님을 보고 싶어 하거든요. 그러니 꼭 와주셨으면 해요."

김서윤은 차준희를 보면서 더욱 싱그럽게 웃어 보였다.

나쁜 의도가 있어 보이지는 않았다. 다만 유명인이 갑작스럽게 찾아와 먼저 제안하는 모습이 의아했다.

"아무튼 꼭 와주셨으면 해요. 저는 초대장만 전해드리러 온 것이니 이만 실례할게요."

김서윤은 나름 예의가 있는지 고개를 살짝 숙이며 자리

를 벗어났다.

자동적으로 남자들의 시선은 그녀를 따라갔다.

그사이 맞은편에 앉아 있던 이진아는 차준희가 들고 있던 초대장을 보고 깜짝 놀랐다.

"정말 위들리 레기온이야?"

"아는 파티야?"

"몰라? 국내 0.1%에 해당하는 사람들만 갈 수 있는 모임이잖아! 소문으로만 들었는데… 정말로 있었구나."

이진아의 말처럼 위들리 레기온이란 소위 상위 계층들의 친목 동호회 같은 모임이다. 경제, 정치, 문화, 예술 등등 다양한 분야에서 활약하는 이들로만 구성된다.

그 위로는 'PERFECT REGION'이란 국제적인 상위 모임까지 존재했다. 물론 평범한 사람들은 구경조차 못하기 때문에 소문으로만 전해졌다.

반면에 차준희는 그런 이진아의 설명을 듣고도 내키지 않았다.

"난 파티 같은 건 별로인데……."

"그래도 너희 오빠랑 같이 오라고 초대한 거면 물어는 봐야 하지 않아?"

김서윤이 차준희만 초대한 것이라면 모를까.

한 기업의 대표인 그녀의 오빠도 같이 초대했다.

게다가 보통 모임도 아닌 국내에서 유명한 이들이 주최한 파티였다. 함부로 거절하기에는 차준혁의 이미지에도 관계가 있었다.

"집에 가서 물어봐야지."

"완전 부럽다……."

찜찜해 하는 차준희와 달리, 이진아는 숟가락을 입에 문 채 침울한 표정을 지었다.

한편, 김서윤은 식당을 나와 주변을 둘러싼 남자들을 지나쳐 교문으로 나갔다.

연예인용 승합차가 교문 앞에서 기다리고 있었다.

탁!

"아가씨! 잘 전달하셨습니까?"

조수석에 앉아 있던 그녀의 매니저 주신후가 조심스럽게 물었다.

"잘 전달했어. 그런데 아빠는 왜 이런 걸 나한테 가져다주라는 거야?"

김서윤의 얼굴에는 방금 전까지 온화했던 분위기를 전혀 찾아볼 수 없었다.

"회장님께서 차준혁 대표와 관계를 맺고 싶어 하십니다."

"그럼 노친네들 모임에 초대하면 되잖아."

그녀의 굳은 표정을 본 주신후가 다시 입을 열었다.

"차준혁 대표가 어떤 모임의 초대에도 응하지 않기 때문에 그렇습니다."

주신후는 김서윤의 매니저이면서 그녀가 속한 천환엔터의 실장이다.

거기다 이전에는 천환그룹 김추성 회장의 비서였다. 지금도 천환그룹의 회장인 김추성의 지시를 따라 움직였다.

"혹시… 나랑 그 차준혁 대표란 사람이랑 엮어볼 생각은 아닌 거지?"

뭔가 불길함을 감지했는지 김서윤의 표정이 더욱 날카로워졌다.

"싫으십니까?"

김서윤은 잠시 동안 곰곰이 생각해더니 말했다.

"널리고 널린 게 남자잖아."

"회장님께서 들으시면 서운하실 겁니다."

김추성에게 김서윤은 눈에 넣어도 아프지 않을 만큼 사랑하는 딸들 중 한 명이었다.

그런데 좋지 못한 언행을 보면 그의 기분이 상할 수도 있었다.

"됐어."

"그보다…　걸 읽어보시죠. 그룹에서 조사한 차준혁 대표에 대한 자료입니다."

주신후는 그녀에게 서류를 내밀어 보였다.

그 안에는 차준혁과 차준희에 관한 내용이 상세하게 적혀 있었다. 물론 대외적으로만 드러난 사항이었다.

"아까 그 애는 초, 중, 고교 내내 전교 1등에… 대학도 수석 입학?"

먼저 차준희에 대해서 살펴본 김서윤은 깜짝 놀랐다.

"전국 모의고사에서도 수석을 놓치지 않은 인재입니다. 거기다 오빠가 차준혁 대표이다 보니 각 기업에서도 그녀를 노릴 겁니다."

한때 천환그룹 비서실장이었던 주신후는 객관적으로 차준희를 평가했다.

최고의 기업으로 급상승 중인 모이라이 대표의 매제가 된다면 엄청난 힘을 가질 수 있기 때문이다.

게다가 차준희의 외모 또한 연예인 뺨칠 정도이니 금상첨화가 아닐 수 없었다. 어디에 내놓아도 절대 빠지지 않는 최고의 며느리 감이었다.

"그보다 조심할 것이 있습니다. 들리는 소문으로 차준혁 대표는 경찰이었을 때 별명이 미친개였다고 합니다."

"미친개? 무슨 별명이 그래?"

주신후는 김추성 회장의 지시를 받아 여러 방향으로 알아보았다.

"조폭들이 그렇게 부른다고 하더군요. 지금은 와해된 천성파 조직원들 중 몇 명은 차준혁 대표가 경찰일 때 불구로 만들었다고 합니다."

"에이… 거짓말이지? 사람이 어떻게 그래."

김서윤은 그가 넘겨준 서류에서 차준혁의 사진을 찾아보았다.

사진 속 차준혁은 곱상하면서도 묵직한 표정을 짓고 있었다. 얼굴만 본다면 누굴 다치게 할 것 같지는 않았다.

"경찰이 되기 전에는 특전사 출신이었습니다. 거기다 콩고에서의 일은 아가씨도 뉴스로 보시지 않았습니까."

그의 설명에 김서윤은 TV로 보았던 차준혁의 모습을 떠올렸다.

순식간에 반란군을 제압한 뒤에 폭탄까지 제거한 모습은 대단해 보일 수밖에 없었다.

"뭐… 그 모습은 멋지긴 했지."

"일단은 회장님의 지시로 준비된 것이 하나 더 있습니다."

김서윤은 다른 서류가 건네지자 고개를 갸웃거리며 받아 살폈다.

"특집방송 PERFECT CEO?"

"차준혁 대표를 특별 게스트로 한 방송입니다. 거기 MC 자리를 잡아뒀습니다."

그의 말에 김서윤은 묘한 표정을 떠올렸다.

"방송이요?"

차준혁은 자신의 사무실에서 오전 업무를 마무리한 뒤 신지연에게 오후 일정을 전해 들었다.

"방송 출연 요청이 들어왔어요. 거절할까요?"

지금까지 모이라이는 어떤 방송사의 요청이든 거절해 왔다. 군이 방송에 얼굴을 내비칠 이유도 없었고, 내비치고 싶지도 않았기 때문이다.

"취재가 아니고… 방송 출연을요?"

"여기 방송 기획서가 있어요."

차준혁은 그녀가 내민 서류를 받아들었다.

그것은 방송국에서 차준혁을 주체로 특별기획한 방송이었다.

"PERFECT CEO?"

"20대 중반에 기업의 CEO가 된 대표님을 집중 조명하여 만든 프로그램인가 봐요."

"의도는 나빠 보이지 않는데요."

고심하는 차준혁의 모습에 신지연은 눈을 크게 뜨고 물었다.

"설마 방송에 나가시려고요?!"

"거절만 해도 좋지는 않으니까요."

모이라이는 어떤 기업보다 탄탄대로를 걷고 있었다.

그 때문에 각 방송사에서도 급격하게 유명해진 차준혁을 섭외하기 위해 혈안이 되어 있었다.

방송사에서는 차준혁만 나와준다면 무엇이든 할 기세였다. 공표된 출신이나 콩고에서의 활약 외에 모든 것이 베일로 쌓여 있으니 당연했다.

"지금까지는 계속 거절하셨잖아요."

"회사가 자리를 잡았고, 규모도 커지고 있으니… 이제는 슬슬 홍보도 해야 하지 않을까 싶어서요."

지금까지 모이라이는 로드페이스의 의류 외에 홍보라는 것을 일체 하지 않았다.

물론 방송사들도 광고를 제안해 오기는 했다.

하지만 이제는 세상 사람들에게 제대로 보여줘야 할 때였다.

이기적으로 자사의 이익만 추구하는 기업이 아닌, 국민들을 위한 기업이 있다고 말이다.

"의도는 나쁘지 않아요. 근데 정말로 방송에 나가실 생각이세요?"

신지연은 그의 대답이 믿기지 않는지 다시 물었다.

"이번만이에요. 방송에서 궁금했던 것만 풀어준다면 더 이상 괴롭히지는 않을 테니까요."

지금도 모이라이 본사 정문과 자택 근처에는 차준혁을 인터뷰하기 위한 기자들이 진을 치고 있었다.

물론 자택은 부자 동네에 위치해 있다 보니 기자들이 시끄럽게 굴지는 않았다. 하지만 출퇴근할 때마다 차 주변을 둘러싸니 귀찮을 수밖에 없었다.

"그럼 방송국에 승낙한다고 대답해 놓을게요."

"고마워요."

차준혁은 신지연에게 대답한 후 남은 업무 일정을 소화

했다.

며칠 후, 'PERFECT CEO'를 준비한 방송사는 모이라이를 통해 출연 승낙이 떨어지자 난리가 났다.

자신들이 최초로 모이라이의 차준혁 대표를 방송할 수 있게 되었기 때문이다.

동시에 예고편이 방송되면서 사람들의 기대심도 엄청나게 커졌다.

하지만 문제는 거기서 그치지 않았다.

해당 방송국 외에 다른 방송국 담당자들이 찾아와 자신들의 방송에도 출연해 달라고 성화를 부렸기 때문이다.

거기까지는 차준혁의 예상 밖이었다.

"대표님… 어떻게 하죠?"

신지연도 난처하다는 표정만 하고 있었다.

차준혁은 한숨을 내쉬다가 한 가지 방법을 떠올렸다.

"각 방송사 담당 국장님들을 좀 불러주세요."

"여기로요?"

"빨리요."

그 대답에 신지연은 바로 전화를 넣었다.

국장들은 기다렸다는 듯이 30분도 걸리지 않아 모이라이 본사로 찾아왔다.

대한민국을 대표하는 3대 방송사 국장들이 조심스럽게 사무실로 들어섰다.

"MBS의 정일화입니다."

"SBN의 이중산입니다."

"KBC의 박봉운입니다."

그들은 마주선 차준혁을 향해 자신들을 소개했다.

"모이라이의 대표인 차준혁이라고 합니다. 다들 저기로 앉으시죠."

그들이 자리에 앉자 차준혁은 상석에 자리 잡았다.

"다들 제가 왜 오라고 하신지 아실 듯싶습니다만, 이번에 출연한다고 했던 방송 말입니다."

그 대답과 함께 'PERFECT CEO'를 준비한 MBS의 정일화 국장의 표정이 어두워졌다.

"설마… 예고편까지 전부 나간 방송에 출연하지 않으시겠다는 말씀은 아니시지요?"

아직 방송 출연 계약이 된 것도 아니었다.

그리고 따로 공지도 없이 예고편을 내보냈으니 차준혁의 출연하지 않게 되면 MBS는 엄청난 타격을 입게 된다.

"그건 아닙니다만, 제가 방송에 나가는 것은 이번이 처음이자 마지막일 겁니다. 그러니 3사가 공동으로 방송해 보시는 것이 어떨까 싶어서요."

3사 방송국장들의 얼굴에 희비가 교차했다.

물론 SBN와 KBC의 국장들의 얼굴에 미소가 지어졌다. 반면 MBS의 정일화 국장만 똥 씹은 표정이 되었다.

"대표님… 특집 방송은 저희 PD들이 심혈을 기울여서

준비한 것입니다. 그걸 어떻게…….”

“아까 말씀드렸다시피 방송 출연은 처음이자 마지막입니다. MBS의 방송만 출연하면 다른 두 분의 방송사에서 지금처럼 저를 계속 괴롭히시지 않겠습니까.”

방송 출연 때문에 지금도 기자들은 둘째 치고 방송국의 기획자들이 난리였다.

그 때문에 모이라이의 직원들까지 출퇴근과 업무에 지장을 받았다.

그 점을 해소해보고자 차준혁이 3대 방송국 국장들까지 부른 것이다.

“다른 두 분은 어떠십니까.”

물음이 이어지자 이중산 국장과 박봉운 국장은 서로 눈치를 한 번 보더니 입을 열었다.

“저희야 그렇게 된다면 좋지요.”

“맞습니다. 감사하죠. 그러나 정일화 국장이 어떻게 생각할지…….”

두 사람의 시선이 여전히 얼굴을 찌푸리고 있는 정일화에게 향했다.

“대신 MBS에는 모이라이와 로드페이스 광고의 30%를 5년간 고정시키겠습니다.”

“저, 정말입니까?”

방송국의 지상파 광고비용은 이익 중에 큰 부분을 차지했다.

다른 기업도 아니고 모이라이와 로드페이스라면 수억 원씩 책정된다. 그중에 30%를 5년간 고정한다면 방송국으로서 엄청난 수입원이 될 수밖에 없었다.

"SBN와 KBC는 15%를 5년간 고정하죠. 어떻습니까?"

두 방송사 국장은 그의 제안에 고개를 힘차게 끄덕였다. 공동 방송과 더불어 광고까지 따냈으니 더할 나위 없었기 때문이다.

"저희는 좋습니다!"

"정일화 국장님. 어떻게 하시겠습니까. 물론 이 제안을 거절하신다면 저는 어떠한 방송도 출연하지 않을 겁니다."

지금 같은 상황에서 정일화 국장의 선택은 단 하나뿐이었다.

예고까지 내보낸 방송을 취소할 수도 없으니, 부수적으로 붙은 제안에 만족해야 했다.

물론 출연 계약도 맺기 전에 예고편을 성급하게 내보낸 자사 방송국을 탓할 수밖에 없었다.

"알겠습니다. 그렇게 하죠. 같이 방송하겠습니다."

"그럼 나머지 사항은 서로 협의하여 알아서 해주시죠. 제가 업무가 많다보니… 여기까지만 해야 할 것 같습니다."

차준혁이 일어나자 그들도 엉덩이를 떼고 사무실을 나섰다.

천환그룹 김추성 회장은 하루 일과를 마치고 집으로 들어왔다. 약 10년 전에 부인과 사별하고 두 딸과 같이 살고 있는 집이었다.

그런데 밤이 깊은 시간임에도 둘째 딸 김서윤은 자지 않고 거실에 앉아 있었다.

"아빠. 이거 말이에요."

김서윤은 오늘 낮에 받은 'PERFECT CEO'의 프로그램 계획서를 내밀어 보였다.

"이거 때문에 기다렸느냐?"

김추성이 상석에 놓인 소파로 앉으면서 되물었다.

"위들리 레기온에 초대하라고 하지 않나, 이제는 제 방송 스케줄까지 건드리시는 거예요?"

천환엔터는 김추성이 딸을 위해 세워준 기획사였다.

실직적인 경영자는 그였으니 방송 스케줄에도 충분히 간섭할 수 있었다.

하지만 김서윤은 그런 상황이 마음에 들지 않았다.

"차준혁 대표가 마음에 들지 않느냐?"

"나쁘지는 않아요. 모이라이라는 회사의 대표이고, 얼굴도 그 정도면 잘생겼잖아요. 하지만 제 스케줄까지 건드리시는 건 좀 아니죠."

김서윤이 불쾌한 이유는 따로 있었다.

하지만 김추성의 표정이 무거워졌다. 아무리 딸이라도 자신의 결정에 불만을 토로하는 것이 마음에 들지 않았기 때문이다.

"아무튼 차준혁 대표와 잘해봐라."

"제가 알아서 할게요. 굳이 아빠가 나서실 필요는 없어요."

"역시 너는 이 김추성의 딸이다."

김추성은 그런 딸의 태도가 마음에 드는 눈치였다.

그러면서도 근엄한 표정을 유지했다.

"그런데 차준혁 대표가 아빠한테 정말 중요한가 봐요. 제 남편감으로까지 보실 정도면요."

"암!"

골드라인 중 1명인 김추성은 자신의 딸과 차준혁이 이어진다면 천환그룹의 미래가 보장된다고 믿었다. 그래서 해명이나 남송과 따로 의논하지 않고 독자적으로 일을 진행시켰다. 만약 계획대로 된다면 천환그룹은 모이라이라는 거대한 힘을 등에 업게 된다. 거기다 골드라인에서 추측한 모이라이의 배후와도 친분을 쌓을 수 있었다.

"어떤 남자인지 참 궁금하네요."

아직 차준혁을 만나보지 못한 김서윤은 호기심이 가득한 표정을 지었다.

"나도 직접 본 적은 없지만 지금까지의 행보를 봐선 호탕한 친구일지도 모르겠구나."

"그래요?"

모이라이는 차준혁이 새로운 대표가 된 후에도 무리수로 보이는 투자라도 서슴없이 진행시켜 성공했다. 배후의 인물이 조종하는 것일 수도 있지만 그럼에도 차준혁의 행보에는 두려움이 없었다.

김추성은 그런 모습을 보고 유추한 것이다.

"무슨 얘기 중이세요?"

2층에서 한 여인이 슬립 잠옷에 가운을 걸친 차림으로 내려왔다.

그녀는 김추성의 장녀인 김서율이었다.

날카로운 인상을 한 깔끔한 단발머리의 그녀는 미간을 찌푸리면서 두 사람의 옆으로 섰다.

"언니."

"아빠. 무슨 얘기를 이 밤중에 이렇게 해요?"

김서율은 김서윤의 맞은편에 앉았다.

"차준혁 대표에 대해서 말하던 중이란다."

"아, 이번에 아빠가 공들이시는 그 대표요?"

그 사항에 잘 아는지 김서율이 고개를 끄덕였다.

"언니는 그 남자가 나랑 결혼해도 괜찮나봐?"

"네가 결혼만 하면 우리 회사에 큰 도움이 되는 거잖아. 내가 싫을 리가 있겠니."

배우가 된 김서윤과 달리 김서율은 27살에 천환그룹의

본부장을 맡고 있었다. 외국에서 경영학을 공부하였고, 실질적인 천환그룹의 중추 역할이나 다름없었다.

김추성은 김서율 또한 유능한 남자를 만나 결혼하기를 바랐지만, 그녀가 경영에 상당한 능력을 보여 인정해준 것이다.

"아무튼 넌 차준혁 대표와 잘해봐라. 내가 어떤 식으로든 자리를 마련해볼 테니 말이다."

"알았어요. 걱정 마세요."

김서윤은 자신만만한 표정을 지으며 자신의 방으로 돌아갔다.

월드컵이나 올림픽, 대선개표 방송도 아니었다. 그런데 한 사람을 위한 방송이 지상파 3사 방송사를 통해 준비되었다.

본래는 MBS가 자사 방송국에 세트장을 준비했지만 공동 방송인 탓에 광화문 광장에 따로 세트를 마련했다.

물론 차준혁의 동의로 방청객도 허용되었다. 그러나 초기 방청객을 신청한 사람의 수는 약 5만 명이었다.

간이 세트장이라 수용할 수 있는 방청객의 수는 고작 500명.

3사 방송국은 그 수에서 추려내기 위해 얼마 남지 않은 방송 준비기간 동안 100대 1이라는 경쟁률로 심사까지 하게 되었다.

"휘유~!"

그렇게 준비된 세트장에 도착한 차준혁은 자신도 모르게 감탄사를 내뱉었다.

"정말 엄청나네요."

차에서 내린 차준혁의 주위로 모이라이 보안팀이 붙어서 둘러쌌다. 그들 앞으로 엄청난 수의 사람들이 차준혁을 보기 위해 몰아쳤다.

"대표님! 빨리 이동하시죠!"

보안팀장 정진우의 안내로 차준혁은 곧장 임시로 준비된 대기실로 들어갔다.

"괜히 출연한다고 했나……."

"이미 늦었어요. 그보다 지난번에 건네드린 질문지는 확인해보셨어요?"

신지연은 사람들로 인해 엉망이 된 차준혁의 옷매무새를 정리해주면서 물었다.

"아니요. 질문이야 받는 대로 대답하면 되잖아요."

"그래도 읽어보셔야죠."

한 기업의 대표를 집중 조명하여 방송하는 프로그램인 만큼 방송국에서 민감한 문제를 질문으로 넣을 수도 있었다.

"괜찮아요."

"하지만⋯⋯."

그 순간 임시 대기실 밖에서 기척이 느껴졌다.

"실례할게요."

"누구시죠?"

밖에서 들린 여자 목소리에 신지연이 물었다.

"이번에 특별 MC를 맡게 된 김서윤이라고 해요. 들어가도 괜찮을까요."

목소리의 주인공은 이미 머리를 들이밀고 들어왔다.

그녀의 등장에 신지연은 살짝 미간을 찌푸렸다.

"여기는 무슨 일로 오셨죠?"

"같이 방송하게 되었으니 차준혁 대표님께 인사를 드릴까 해서요. 안녕하세요. 김서윤이라고 해요."

김서윤은 아무렇지 않게 신지연을 지나치더니 차준혁에게 인사했다.

"아, 예."

"취재 화면으로 봤을 때보다 훨씬 잘생기셨네요. 아, 옆에 앉아도 되죠?"

그녀는 이번에도 차준혁이 대답하기 전에 착 달라붙어 앉았다.

멀뚱히 서 있던 신지연은 불쾌해짐을 느꼈다.

"예전에 콩고 취재 영상을 봤어요. 혹시 제가 나온 영화랑 드라마 보신 적 있으세요?"

"아니요. TV는 뉴스 외에 안 봅니다."

"아… 그러시구나."

그 순간 차준혁은 뭔가 서늘해짐을 느꼈다. 신지연의 표정에서부터 뿜어져 나오는 분위기였다.

'뭐, 뭐지?'

위기감을 느낀 차준혁은 신지연을 조심스럽게 쳐다봤다. 그런데 서로 눈이 마주침과 동시에 신지연이 고개를 돌려버렸다.

"흥!"

차준혁은 뭔가 심상치 않음을 알 수 있었다.

"저는 따로 할 일이 있으니 좀 나가주시겠습니까?"

"예……?"

사실 김서윤도 지금과 같은 상황을 좋아하지 않았다. 원래라면 오히려 남자들이 자신과 가까워지려고 노력하는 모습을 보이기 때문이다.

그런데 차준혁이 담담한 반응을 보이자 더욱 마음에 들지 않았다.

"세트장에서 뵙죠."

마지막 결정타였다.

김서윤은 얼굴을 살짝 굳힌 채 민망함에 몸을 일으킬 수밖에 없었다.

"조금… 있다가 뵐게요."

김서윤이 밖으로 나가자 싸늘하던 신지연은 어리둥절했다.

김서윤은 국내에서 누구나 알아주는 여배우였다. 남자들의 마음을 뒤흔드는 외모와 성격을 겸비했고, 집안까지 대기업인 천환그룹이었다.

그런 여배우가 가깝게 지내고자 먼저 손을 내미는데 차준혁은 끄떡도 하지 않았다.

오히려 내키지 않는 표정으로 그녀를 대했다.

"대표님. 좋게 말하실 수도 있었잖아요."

"저런 타입을 제일 싫어해요."

사실 차준혁도 김서윤을 잘 알고 있었다.

그것은 현재가 아닌 회귀하기 전의 기억이었다.

희대의 여배우 김서윤.

사람들에게는 최고의 배우였지만, 그녀의 내면에는 구미호 10마리도 혀를 내두를 악랄함이 숨어 있었다.

차준혁은 그 사실을 IIS에 있을 때 알게 되었다.

천환그룹 김추성 회장의 둘째 딸인 그녀는 자신이 원하는 남자라면 어떻게든 곁에 두었다. 그러다 질리면 역으로 스캔들을 내고 자신만 유유히 빠져나왔다.

그로 인해 10년 뒤 그녀는 남편의 바람으로 두 번이나 이혼한 대단한 배우가 되었다.

하지만 남편들의 불륜 스캔들 역시 김서윤이 뒤에서 조작했다. 물론 전부 차준혁이 회귀 전에 벌어졌던 일들이다.

그것을 알고 있던 차준혁은 당연히 김서윤을 좋게 볼 수 없었다.

"그래요……?"

신지연은 살짝 안도할 수 있었다.

잠시 후, 방송 PD들이 차준혁의 대기실을 방문하여 인사했다. 그러다 방송 시간이 다 되어 세트장으로 올라가길 기다렸다.

옆으로 울먹이며 뛰쳐 나갔던 김서윤이 조심스럽게 다가섰다.

"아까는 정말 죄송했어요. 제가 처음 만난 사람들에게도 심하게 친근한 편이라서요."

"괜찮습니다."

이번에도 차준혁은 싸늘하게 대답하면서 세트장으로 고개를 돌렸다.

"실례가 안 된다면 죄송하단 의미로 식사 대접을 하고 싶어요."

결국 김서윤은 다시 들이대기 시작했다.

차준혁의 옆에 서 있던 신지연은 또다시 가슴속에서 피어오르는 칙칙한 감정에 미간이 굳었다.

물론 불쾌한 것은 차준혁도 마찬가지였다.

"식사할 시간이 없습니다."

"그럼 커피라도……."

"안 좋아합니다."

"차는 어떠세요?"

"음료수는 따로 챙겨서 다닙니다."

"……"

그가 너무 철벽인 탓에 김서윤은 자신도 모르게 인상을 찌푸릴 뻔했다. 그러나 사람이 많은 곳에서 그런 표정을 보일 수는 없었다.

방송이 시작되면서 메인 MC인 유재동과 특별 MC인 김서윤이 무대 위로 올라갔다. 두 사람은 호흡을 맞춰 대본대로 진행하다가 차준혁을 불렀다.

차준혁은 그대로 무대 위로 올라섰다.

엄청난 박수 소리와 함께 100대 1로 선정된 방청객들이 환호성을 내질렀다.

"이야~! 이거 한 기업의 CEO께서 연예인보다 더 인기가 많으신 것 아닙니까?"

그런 방청객의 반응에 유재동이 재치 있게 물음을 던졌다.

"로드페이스에서 만든 옷이 정말 마음에 드셔서 그런 것 같습니다."

"그러고 보니 오늘 방청객 분들이 대부분 로드페이스를 입고 오셨네요. 저는 단체로 교복을 맞춰 입고 온 줄 알았어요. 이거 PPL계약은 된 건가요? 아니면 가려야 하니 누가 검정테이프 좀 주세요."

"하하하하하하하!"

방청객들은 유재동의 진행에 더 큰 웃음을 터뜨렸다.

이에 옆에 선 김서윤도 상큼하게 미소를 지어 보이며 방청객들의 호응을 이끌었다.

"요즘 모이라이의 CEO 차준혁 대표님의 인기가 이렇습니다."

유재동은 조금 차분해진 목소리로 설명을 이어갔다.

"대한민국을 지키던 군인이 수많은 범죄자들을 잡는 경찰이 되고, 거기다 한 나라를 위기에서 구해내기까지! 물론 그것만이 아니죠."

설명이 계속 이어지면서 그의 목소리도 점점 커져 갔다.

"지금은 대한민국의 위상을 드높이는 것으로도 모자라 청년실업 문제까지 해결해주고 계십니다!"

"와아아아아~!"

아까보다 더한 환호성과 박수 소리가 울렸다.

이에 차준혁은 머쓱해져서 뒷머리를 긁어댔다.

"자! 그럼 지금까지 궁금했던 모든 것을 지금 이 시간부터 파헤쳐보겠습니다!"

차준혁과 MC들은 그 말과 함께 가운데 마련된 소파에 앉았다.

질문들은 대부분 콩고에서의 심정과 상황, 경찰로 있었을 때에 사건 해결에 대해서였다.

하지만 유재동이 의외의 사건을 꺼냈다.

"저희가 특집방송을 준비하던 중에 엄청난 제보를 받았는데요."

"그게 뭔가요?"

김서윤이 그것을 받아주자 유재동이 대답했다.

"3년 전에 강원도 양양에서 체포된 희대의 연쇄살인마 안명호 사건을 모두 아실 겁니다. 그 당사자가 직접 제보를 주었습니다."

그 말에 차준혁도 놀랄 수밖에 없었지만 일단 아무런 말도 하지 않았다.

"자신이 잡힌 것은 바로 차준혁 때문이다. 그렇게 제보를 했습니다. 차준혁 대표님. 사실인가요?"

안명호가 교도소에서 TV에 나온 차준혁을 보고 제보한 것이다. 예상 밖의 질문으로 차준혁은 잠시 고민하다가 입을 열었다.

"저 때문인 것은 잘 모르겠고, 저희 가족이 여행을 갔을 때 우연히 마주치게 되어 싸운 적이 있습니다. 물론 당시에는 연쇄살인마라는 걸 몰랐습니다."

그 대답으로 MC와 더불어 모든 방청객의 얼굴이 경악으로 물들었다.

사실 유재동은 안명호가 사람들의 관심을 끌고 싶어서 제보한 것이라고 생각했다. 그런데 사실이라는 것이 드러나자 놀랄 수밖에 없었다.

"저, 정말이었군요. 그런데 어쩌다가 싸우시게 된 겁니까? 안명호는 무술도합 12단이 넘는 유단자라고 알려졌는데요."

"저는 특수부대 출신이었으니까요. 물론 힘들었지만 어렵게 안명호가 사람을 죽이려던 것을 막을 수 있었습니다."

사람들은 더욱 큰 감탄사를 흘리면서 차준혁의 설명을 조용히 들었다.

"대단하십니다. 그런데 당시 사건에서는 그런 기록이 남지 않았던데… 왜 숨기셨던 겁니까?"

그 사실을 사람들이 알았다면 차준혁은 경찰이 되기 전에 일약 스타덤에 올랐을 것이다.

하지만 그건 차준혁이 바라던 것이 아니었다.

"저는 경찰시험을 준비 중이었습니다. 그래서 얄팍한 정의감으로 사건에 도움을 줬다고 밝히고 싶지 않았습니다."

당시에는 경찰간부 시험에서 불이익을 당할 수 있어서 그렇게 했다. 그 말을 조금 포장해서 설명했다.

"진짜 대단하십니다. 자, 이렇게 베일에 싸여 있던 차준혁 대표님에 대해서 하나하나 밝혀지는데요. 그럼 다음은 모이라이와 로드페이스에 대해서입니다."

"정말 흥미진진해요. 이러다가 차준혁 대표님께 반할지도 모르겠는데요."

그때 김서윤이 대본에도 없는 대사로 다시 들이대면서 사람들의 반응을 끌어올렸다.

"이러다 두 분이 정말 스캔들이라도 나면 대박이겠는데

요."

유재동도 그녀와 차준혁을 부추기듯이 말했다.

동시에 세트장 앞쪽에서 지켜보던 신지연의 표정이 굳어졌다.

'이런······.'

그 모습을 본 차준혁은 묘한 살기를 느꼈다.

"차준혁 대표님은 우리 김서윤 씨를 어떻게 생각하십니까?"

"어머머! 왜 갑자기 그런 걸 물어보세요!"

김서윤은 질문이 창피하다는 듯 얼굴을 붉혔다.

그 모습은 남자 방청객들의 마음을 설레게 했다.

하지만 차준혁의 마음만큼은 아니었다.

"제 취향이 아니라서요."

"···예?"

"제 취향이 아니어서 별로입니다."

순간 유재동은 자신이 잘못 들었나 했다. 김서윤이라면 어떤 남자든 설레게 만드는 여배우였다.

그런데 그녀를 사적인 자리도 아니고, 생방송에서 대놓고 까버린 것이다.

"아, 그러셨군요. 사람마다 취향의 차이가 있을 수 있죠. 하하."

그 탓에 유재동은 최대한 문제가 없도록 질문을 돌리려고 했다.

"그럼 이상형이 어떻게 되시나요?"

다시 질문이 이어지자 표정이 굳어졌던 김서윤이나 방청객들 모두 귀를 쫑긋 세웠다.

"저는 처음에는 쓰면서도 끝에는 달콤한 맛이 느껴지는 여자를 좋아합니다."

"굉장히 추상적인 이상형이시네요. 그럼 혹시 지금 좋아하는 여성 분이 있으신가요?"

질문은 갑자기 사적인 방향으로 흘러갔다. 그러자 사람들은 더욱 조마조마한 표정으로 지켜보았다.

"있습니다."

사람들은 더욱 놀라움을 금치 못했다.

유재동도 깜짝 놀랐지만 계속 진행을 이어나갔다.

"어떤 분이시죠?"

"말로는 설명할 수 없는 여자입니다."

운명의 여신이 이어준 여자.

바로 신지연을 말하는 것이다.

쓰면서도 달콤한 맛은 그런 신지연의 커피 취향이었다.

신지연은 이미 아까의 대답으로 그가 말하는 여자가 자신이라는 것을 알 수 있었다. 그래서 한 손으로 입을 가린 채 눈물을 흘리고 있었다.

"정말 대단한 여성 분이신가보군요. 어떤 여성 분인지 너무 궁금합니다."

"그분은 바로 저기 서 있는 제 비서, 신지연 씨입니다."

모든 사람들의 시선은 차준혁이 가리킨 신지연에게로 향했다.

　신지연은 그가 공개적인 자리에서 밝힐 줄은 꿈에도 몰랐다.

　그로 인해 신지연은 깜짝 놀라면서 눈물까지 멈췄다.

　"저분이 정말 차준혁 대표께서 좋아하는 여성 분이시라는 건가요."

　"예. 저와 같이 경찰로 있던 동료였습니다. 다른 남자한테 뺏길까봐 경찰까지 그만두게 하고 제 곁에 두었죠."

　어쩌면 사적인 감정으로 낙하산 인사를 주었다는 오해가 생길지도 몰랐다. 그럼에도 차준혁은 어느 때보다 당당하게 말하고 있었다.

　"얼마나 좋아하시는 겁니까? 첫눈에 반하신 건가요?"

　"제가 수십 번을 다시 태어난다고 해도 어떻게든 찾아서 만나고 싶을 정도로 사랑하는 사람입니다."

　극심할 정도의 고백에 놀라고 있던 방청객들은 환호성까지 내질러댔다. 이로써 신지연은 공개적으로 차준혁에게 고백을 받게 됐다.

　차준혁은 거기서 멈추지 않고 신지연에게 다가갔다.

　"저와 정식으로 사귀어주세요."

　"……."

　이에 신지연은 대답하려 했지만 다시 흐른 눈물 탓에 목소리가 나오지 않았다. 그래서 눈물을 닦으면서 대답 대신 고개를 빠르게 끄덕였다.

"와아아아아아아아!"

사람들은 그들을 축하해줬다.

솔직히 차준혁도 이런 상황에서 사귀자는 고백을 하고 싶지는 않았다. 그런데 김서윤이 불쾌하게 들이대고, 그 모습을 신지연이 불편해 했다.

그래서 차준혁으로서는 가만히 있을 수 없었기에 확실하게 못을 박아버렸다.

"정말 대답합니다! 모두 이 두 분의 행복을 위해 박수를 쳐주세요!"

이날 방송사들은 차준혁의 갑작스런 고백으로 인해 특집 방송 사상 역대 최고의 시청률을 뽑아낼 수 있었다.

코퍼레이션 미토스의 게이든

 차준혁과 신지연의 열애설은 방송을 통해 전국적으로 보
도가 되었다. 그로 인해 방송사들은 기사를 쓰기 위해 신
지연에 대한 것도 열심히 캐고 다녔다.

 SID인터내셔널 임원의 외동딸이자 차준혁과 같은 전직
경찰 출신. 물론 대외적으로 유명해진 차준혁과 달리 일반
인이기에 방송사에서도 조심스러웠다.

 인터넷에서도 난리였다. 그것을 확인한 차준혁은 자신
이 일을 키웠다는 생각에 조금 고민되었다.

 하지만 그런 차준혁을 더욱 심란하게 만드는 사람이 있
었다. 그는 소파에 앉아 연신 싱글거렸다.

"좋냐?"

"시끄러워."

모이라이의 대표인 차준혁에게 유일무이하게 맞먹는 이지후였다. 정보팀에서 그 방송을 본 이지후는 감동하던 다른 직원들과 달리 배꼽을 잡고 웃었다고 했다.

"정신없이 지내는 것 같더니. 연애는 언제 했대?"

"본론만 말하고 부서로 돌아가라."

그 말에도 이지후는 웃음을 멈추지 않았다. 오히려 더 그윽한 미소를 지어 보일 뿐이었다.

"큭큭큭. 일단 김종원에 대해서 좀 알아봤다."

차준혁은 이지후가 건넨 서류를 받았다.

"여전히 방탕한 생활이구나. 아니지, 전보다 더 심해진 것 같은데."

골드라인의 방패인 용진로펌 김용진 대표의 조카인 김종원에 대해서였다. 일전에 그는 청담동 살인사건에서 정당방위와 과실치사로 무죄를 받았다. 그 이후부터는 거의 마약 중독자로 사는 중이었다.

"용진로펌에서 붙인 사람도 없네. 그냥 조카라서 도와주기만 한 것 같으니 작업해도 되겠다."

"어떻게 작업하려고?"

싱글거리던 이지후는 어느새 진지한 표정을 지었다.

"한 방을 크게 터트려줘야지. 다시는 빠져나오지 못하게 말이야."

"그래봤자 또 용진로펌에서 나설 것이 뻔하잖아."

용진로펌은 자신들의 약점이 될 만한 일을 가만히 두지 않을 것이다. 게다가 김종원의 살인사건은 이제 일사부재리(一事不再理)의 원칙으로 다시 공소를 제기할 수도 없었다.

"김종원은 마약 중독자라는 것만으로도 충분해."

"그럼 용진로펌은?"

"다 방법이 있어. 그보다 다른 조사는?"

차준혁은 김종원의 대한 서류를 덮으며 물었다. 어차피 김종원이 지금처럼 계속 행동한다면 무너뜨리기는 쉬웠기 때문이다.

"여기 있다."

이번에는 김태선에 대한 자료였다. 그 내용을 확인한 차준혁은 의구심이 가득한 표정을 지었다.

"나도 보긴 했는데, 그다지 의심할 만한 사항이 없던걸? 계좌 내역도 깨끗하고 말이야."

"바보냐?"

툭 던져진 차준혁의 한마디에 이지후는 인상을 팍 구기면서 소리쳤다.

"내가 왜 바보야!"

"쓰레기장보다 더러운 곳이 정치판인데? 유력한 차기 대권주자가 깨끗할 수 있겠어?"

"아, 그럼 차명계좌인가? 하지만 노숙자 복지재단에 차명으로 이용된 계좌들은 거의 다 털어봤잖아."

그 말대로 불법적으로 이용되던 차명계좌나 명의도용은 대부분 차단된 상태였다. 거기다 노숙자들은 모이라이의 주최로 노동자 고용이 되어 러시아의 로드페이스 공장과 콩고로 파견되었다.

국내 실직자와 노숙자도 줄이고, 자체적으로 노동자까지 확보한 일석이조의 방법일 수밖에 없었다.

물론 파견된 사람들도 상당한 월급을 받으며 생활하게 되었으니 충분히 만족했다.

"차명계좌가 국내에만 있는 것도 아니잖아."

"그럼 해외계좌? 거긴 우리 정보팀도 손을 대기가 힘든데."

중국만 해도 인구수가 10억이 넘는다. 인구가 넘쳐나는 나라인 만큼 하루에 실종되는 사람의 수만 수백 명에 달했다. 그런데 중국만 있는 것도 아니니 이용할 수 있는 타인 명의는 상상을 초월할 정도로 많았다.

"아무리 그래도 선거자금을 해외에서 끌어오지는 않았을 거야. 누군가 뒤에 있겠지."

"하지만 뒤에 있을 만한 사람도 없어. 김태선 의원의 부모님이란 사람들은 조도라는 섬에서 노부모를 모시고 어부로 사는데?"

차준혁은 서류에서 그 사항을 찾았다. 그리고 회귀 전의 기억으로 조도에 대해 확인했다.

'정말인가? 아니야. 그럴 리가 없어.'

김태선은 골드라인을 배후로 삼고 대통령이 되었던 것이 확실했다. 거기다 대통령이 된 후에 IIS를 이용해서 골드라인을 등졌다.

그런 과정을 혼자서 했을 리가 없었다.

분명히 배후가 따로 있을 것이다.

"무슨 문제라도 있어?"

미묘해진 차준혁의 표정 탓인지 이지후가 물었다.

"이 조도라는 섬으로 사람들을 보내서 조사해줘."

"거기까지?"

조도는 경상남도 끝단에 위치해 있었다. 서울에서 출발한다면 약 400km의 거리를 움직여야 했다.

사람을 보낼 수는 있지만 쓸데없어 보였다.

"빨리 움직여줘. 그리고 김태선 의원이 최근에 해명그룹을 방문한 일은 무슨 이유 때문이야?"

"해명그룹에도 사회복지재단이 있잖아. 서울시 의원으로 재단행사기획 확인을 위해서 찾아갔다고 하더라."

"명목상으로만 그럴지도 모르지."

이번에 대통령 탄핵사건의 핵심은 IIS의 자금운용이 어떻게 장관들과 의원들에게 흘러들어갔냐는 것이다.

그것을 알아낼 수 있다면 김태선의 배후에 골드라인 말고도 무엇이 더 있는지 알아낼 수 있었다.

"뭘 그렇게 의심해. 어차피 최종 목적은 골드라인 아니야? IIS도 착착 준비되고 있으니 문제없잖아."

유중환까지 가세한 예비요원들의 훈련은 더욱 강도가 높아졌다. 그만큼 요원들은 태무도를 배우며 회귀 전의 실력을 갖추고 있었다.

하지만 이지후는 본래 미래에서 노진현 대통령의 임기가 끝난 후에 대한민국이 얼마나 혼란을 겪었는지 몰랐다.

IIS만으로는 차준혁의 목표를 이루는 데 부족했다.

"뿌리까지 모조리 뽑아버릴 만큼 필요해."

"대체 어떤 놈인지 몰라도 진짜로 독한 녀석한테 걸렸다."

이지후는 천성건설이 무너졌을 때도 그 정도로 철저할 줄 몰랐다. 물론 정보팀을 통해 알아낸 정보가 대부분이지만 그것을 사용하는 타이밍을 너무 잘 알고 있었다. 그 덕분에 천성건설과 천성파는 절대 회생할 수 없을 정도로 무너졌다.

"해야 할 일을 확실하게 한 것뿐이야."

"그런 일만큼은 정확하시지. 알았어. 김태선 의원의 부모님에 대해 확인해보면 되는 거지?"

우우웅! 우우웅!

"어. 잠깐만. 여보세요."

차준혁은 주머니에서 울리는 핸드폰을 꺼내들었다.

국내가 아닌 해외에서 온 전화였다.

통화 버튼을 누르자 수화기에서 익숙한 목소리로 스와힐

리어가 흘러나왔다.

—형제여! 잘 지냈는가!

둘카누 왕자가 직접 전화를 건 것이다.

"콩고에 무슨 일이 있는 건가?"

그동안 연락이 없던 탓에 걱정되었다. 물론 대답은 둘카누처럼 스와힐리어로 해주었다.

—우리 사이에 안부 연락도 못 하는가?

"후우. 웬만하면 일이 생겼을 때만 하라고 했잖아."

—일이라면 있긴 하지.

의미심장해진 그의 목소리에 한숨을 내쉬던 차준혁은 깜짝 놀랐다.

"무슨 일인데?!"

—얼마 전에 울린지를 밀반출시키려는 이들이 잡혔어.

"그런 일이라면 콩고에서 알아서 하면 되잖아."

이제 울린지에 관한 사업은 콩고에 전적으로 맡긴 것이나 다름없었다. 굳이 관여하지 않아도 착착 재배되어 의류 섬유로 만들어졌다.

물론 밀반출한 사람들은 문제였다.

그러나 지금의 회사 일로도 바쁜 차준혁이 그런 이들까지 하나하나 처리하기는 힘들었다.

—지금까지 이런 일이 몇 번 생기긴 했어. 하지만 이번에는 정도가 심해.

"밀반출하려던 양이 얼마나 되는데?"

―10톤.

울린지는 잡초나 잔디와 유사한 초종이다.

해외의 다른 기업에서 그런 울린지의 섬유질을 분석하기 위해 몇 번이고 밀반출을 시도했다.

그래봤자 10kg도 되지 않는 양이었지만 말이다.

하지만 이번에는 달랐다.

둘카누의 대답에 차준혁은 놀랄 수밖에 없었다.

"뭐?!"

―울린지 재배구역 중 하나가 매수되었어. 다행히 반출되기 전에 막았는데 배후로 의심되는 사람도 좀 문제야.

둘카누의 목소리는 처음보다 심각해져 있었다. 진심으로 문제가 작지 않다는 것을 알려주는 것 같았다.

"그게 누군데?"

―폴론 듀케이먼. 밀반출하려다 잡은 놈들 중에 블러디 스컬의 문신을 한 녀석들 있었어.

차준혁은 이번 대답을 듣고 더욱 얼굴이 굳어졌다.

"그게 정말이야?"

―자기들 말로는 아니라는데… 블러디 스컬 문신이 흔한 것도 아니잖아. 거기다 놈들을 잡을 때 정부군도 상당한 피해를 입었어.

차준혁에게 잡혔던 블러디 스컬은 정예일 뿐, 전부는 아니었다. 세계적으로 유명한 국제 용병조직이 고작 10명일 리도 없었다.

최정예보다는 못 하지만 그래도 일반 군인들보다는 실력이 뛰어난 이들이 있었다.

　콩고민주공화국 정부군은 울린지 밀반출을 막으려다 그런 블러디 스컬의 용병들과 마주했던 것이다.

　"듀케이먼가 드디어 울린지에 관심을 가지기 시작했나 보네."

　최근에 발표된 대한민국의 신형방탄조끼 탓일 확률이 컸다. 기존의 방탄복보다 가볍고 성능이 좋았으니 무기상인 듀케이먼으로서는 탐날 수밖에 없었다.

　―어떻게 할까?

　듀케이먼은 과거 콩고의 반란군과 다른 분쟁국가로도 무기를 팔아 부를 챙긴 인물이었다. 자신이 원한다면 평화로운 나라도 분쟁을 일으킬 수 있었다.

　최근 반란군 대장의 아들이었던 키사시도 그의 꼬드김에 넘어간 것이나 다름없었다. 물론 서로가 서로를 이용한 입장이긴 하지만 말이다.

　"울린지는 어차피 국제특허권이 걸려 있으니 비합법적으로 연구해볼 생각일 거야. 그러니 밀반출만 잘 막아줘."

　―그럼 듀케이먼은?

　"내가 알아서 해결할게."

　콩고는 다시 내분이 일어나서는 안 된다. 다만 차준혁이 일전의 내란에 이미 관여해 듀케이먼의 계획은 완전히 틀어지고 말았다.

거기다 듀케이먼이 울린지 자체에 관심을 보였다. 무기 상인 그에게 획기적인 방탄복은 최고의 상품이기 때문이다. 이제는 먼저 선수 치는 것이 나을 수 있었다.

—국제적으로 뿌리를 깊게 뻗은 무기상이야. 너라도 듀케이먼은 불가능할 수도 있어.

"그건 걱정하지 않아도 돼. 다 방법이 있으니까. 일단 잡은 녀석들은 문제가 되지 않도록, 티 나지 않게 풀어주기만 해."

그 말을 끝으로 차준혁은 통화를 끝냈다.

옆에 있던 이지후는 심상치 않았던 대화 탓에 걱정하면서 물었다.

"무슨 일이야? 듀케이먼이라고 하던데, 혹시 그 녀석이 다른 일을 벌인 거야?"

"울리지를 밀반출하려고 했나봐. 우리도 슬슬 움직여봐야 할 듯싶다."

의미심장한 차준혁의 대답에 이지후는 표정이 묘해졌다. 그도 듀케이먼에 대해 조사하며 어설프게 건드렸다간 뼈도 못 추린다는 것을 알았기 때문이다.

듀케이먼과 천성파를 비교한다면 천성파가 시정잡배로 느껴질 정도였다.

"어떻게 하려고?"

"거목을 치려면 잔가지부터 쳐야지. 일단은 세인트메디컬부터 해결하자."

차준혁은 콩고의 내란 발발을 막아내고 구정욱을 통해 세인트메디슨에 대해서 부탁해 놓았다.

"마약왕부터 건드리겠단 거야?"

세인트메디슨은 대외적으로 미국의 유명제약회사 중 하나였다. 그러나 내부에서는 온갖 비리들이 판치고 있었다. 더불어 할리스와 듀케이먼하고도 손을 잡아 분쟁지역을 통한 신약 인체실험까지 벌이던 이들이었다.

용병조직인 블러디 스컬까지 있으니 어렵지 않았다.

제약회사로서는 신약에 대한 실험을 서슴없이 할 수 있으니 다른 제약회사들보다 월등한 결과를 빠르게 뽑아낼 수 있었다. 그 덕분에 서로 상부상조하여 세계적으로 건드릴 수 없는 위치로 올라간 것이다.

'그나마 지금이 2007년이라 다행이지…….'

차준혁은 그런 듀케이먼과 할리스를 떠올리며 조그맣게 안도의 한숨을 내뱉었다. 아직 세인트메디슨이 인체실험까지 손대지 않은 시기였기 때문이다.

"무슨 생각을 그렇게 해?"

대답을 기다리던 이지후가 기억을 뒤지던 차준혁에게 물었다.

"이것저것. 아무튼 첫 목표는 세인트메디슨이야. 그리고 모로코에서 열리는 방위사업포럼 있지?"

본래 미래에도 개최된 2007년 모로코 방위산업포럼을 말함이었다. 이번에 MR테크에서도 새로 개발된 라버건이나 울린지 방탄복 등의 군수상품을 내보내기로 예정되어 있었다.

"거긴 왜?"

"EWOE(전파방해기기)와 EWP(전파폭탄)을 추가 상품으로 넣어줘."

이지후는 깜짝 놀랐다.

EWOE는 차준혁이 콩고에서 블러디 스컬과 싸웠을 때 무전기를 이용해서 만든 장치였다. 적용 거리가 좁고, 지속시간이 짧지만 적군의 연락을 일정시간 막을 수 있다는 이점이 있다.

그리고 EWP는 무전계통기기에 커다란 노이즈와 함께 타격을 준다. 작동 시에 무전기를 낀 이들은 모조리 기절시킨다. 특히 첨단무전장비를 사용한 적일 때 유용하다.

차준혁은 IIS였을 때의 기억으로 요원들을 위해 그 장비들을 개발했다.

"그걸 상품으로 내보내자고? 미쳤냐!"

이지후가 놀란 이유는 컴퓨터만 만진 자신이 봐도 차준혁의 장비들이 전쟁지역에서 엄청난 위력을 발휘할 것이기 때문이다. 자칫 그런 장비가 듀케이먼에게 들어가거나 따로 개발된다면 힘만 더 실어주는 꼴이었다.

"낚시를 하려면 먹음직스러운 미끼부터 던져야지."

"잠깐. 혹시 그걸로 듀케이먼을 낚아서 어떻게 해보려는 거야?"

의미심장한 대답으로 이지후는 감을 잡았다. 영악하기로는 둘째가라면 서러워할 정도이니 말이다.

"그럼 슬슬 움직여보자."

짝! 짝!

재촉하는 차준혁의 박수에 이지후는 밤샘의 시계 소리가 들리는 것만 같았다.

"합! 합! 합!"

약 200명의 남녀가 동작을 이어가면서 기합을 외쳤다.

그들의 힘찬 목소리에 상단에 선 유중환은 흐뭇한 표정을 지었다.

"그만!"

기운찼던 분위기가 누군가를 발견한 유중환의 외침으로 잠시 멈췄다.

"사범님. 잘 지내셨습니까."

바로 차준혁이 나타났기 때문이다.

그의 등장으로 예비요원들이 술렁이기 시작했다.

그가 얼마 전에 김도성 무술사범의 불만을 엄청난 실력으로 묵살시켰기 때문이다. 그때의 실력은 새로 들어온 예비요원들에게까지 전설처럼 전해질 정도였다.

"차 군도 잘 지냈는가! 신 양도 같이 왔군!"

유중환은 두 사람을 기분 좋게 맞이했다.

"이곳에서의 생활은 괜찮으십니까?"

"사람이 많아 정신없긴 하지만 나쁘지 않더군. 그보다 여기는 어쩐 일인가?"

차준혁은 예비요원들을 한 번 둘러보며 입을 열었다.

"사람을 좀 빌릴까 해서요."

"요원들을 말인가?"

"예. 이번에 모로코에서 중요한 일을 치러야 할 것 같아서요."

"하지만 훈련도 아직 끝나지 않았네."

예비요원들은 이제 막 태무도의 걸음마를 떼기 시작했다. 그런 상황에서 임무를 나가기란 유중환의 입장에서 불가한 판단이었다.

"실전경험이 있는 특수부대 출신이면 됩니다."

"특수부대라……."

경험의 유무는 생사를 좌지우지한다. 납득한 유중환은 차준혁처럼 요원들을 한 번 둘러보았다.

"제가 골라 가도 괜찮을까요?"

"국장에게는 승인을 받았나?"

무술사범만 맡은 유중환에게 직급의 고하에 대한 개념이 없었다. 그래서 IIS의 국장도 아무렇지 않게 불렀다.

"주상원 국장님에게는 미리 말씀드렸습니다."

최근까지 공석이었던 IIS 국장은 경찰청장이었던 주상

원이 되었다. 물론 차기 경찰청장은 문제가 생기지 않도록 겨레회의 일원이 맡도록 만들었다.

"몇 명이나 필요한가."

대화 내용을 들은 예비요원들은 차준혁의 시선과 마주칠 때마다 깜짝깜짝 놀랐다.

"으흠… 대략 30명 정도면 될 듯싶습니다."

"어딜 공격하려는 겐가?"

정예요원 30명이면 5~10명씩 움직이는 특수부대 특성보다 3배가 많은 수였다. 유중환은 그 규칙을 몰랐음에도 상당한 수였기에 놀랄 수밖에 없었다.

"그럴지도 몰라서요. 절대 다치게 하지 않을 테니 걱정하지 않으셔도 됩니다."

"나름 각오를 하고 임무에 임하는 이들이니 그럴 걱정은 없네만……. "

"일단은 골라보죠."

차준혁은 다시 요원들에게 시선을 옮겨 호명했다.

"배진수! 유강수!"

호명된 두 사람은 곧바로 앞으로 나왔다.

"배진수 요원은 부대장, 유강수 요원은 스나이퍼 팀장을 맡아주시면 됩니다."

지휘와 저격에 뛰어난 두 사람에게 탁월한 위치였다. 그러나 멀리서 대화를 듣던 두 사람은 이해되지 않았다.

"무슨 임무입니까?"

"요원을 모두 선출하면 설명해줄 겁니다."

그 뒤로 차준혁은 신지연을 쳐다봤다. 그녀는 기다렸다는 듯이 팔에 끼고 있던 서류철을 내밀었다.

요원들에 대한 자료였다. 그것을 확인한 차준혁은 천천히 살피면서 한 명씩 부르기 시작했다.

그렇게 앞으로 나온 요원들은 어리둥절한 표정으로 서로를 쳐다보았다.

"흠… 실전을 거친 특수부대 출신이 은근히 적네."

20명쯤 정해지자 10명 정도가 부족했다.

그만큼 실전이 부족한 요원들이 많았다.

"내가 추천해도 되겠나?"

"유 사범님께서요?"

"종이쪼가리로 보기보다 괜찮은 후보들이 있네."

유중환은 앞으로 나가 10명의 후보들을 불렀다.

다들 탄탄한 체구에 눈빛부터 예사롭지 않았다.

"나쁘지 않은 분위기네요."

"태무도 습득이 제일 빠른 요원들이네. 거기다 눈치도 제법 빠르니 나쁘지 않을 거야."

차준혁은 그들 앞으로 다가갔다. 그리고 10명의 요원들을 쭉 훑어보다가 전방으로 살기를 내뿜었다.

화아아아아악—!

살갗이 찌릿찌릿할 정도의 살기였다. 그와 동시에 깜짝 놀란 요원들 중 4명이 뒤로 급하게 물러났다.

"허어……!"

유중환은 차준혁의 살기를 느끼며 감탄사를 흘렸다.

"뒤로 물러난 요원들은 제외하도록 하죠."

실전에서는 한순간이 목숨을 좌지우지한다. 그런데 고작 살기로 몸을 피할 정도라면 작전에 참가시키지 않는 것이 나을 수 있었다.

"잠깐만 기다려주십시오!"

물러섰던 요원 중 한 명이 앞으로 나섰다.

"한 번만 더 기회를 주셨으면 합니다!"

치욕이라고 생각했는지 그와 같았던 요원들도 차준혁을 쳐다봤다.

"의욕은 좋네요. 어차피 쉽지 않은 임무라 용기도 제법 필요하니 실력을 한 번 볼까요?"

차준혁은 재킷을 벗어 신지연에게 넘겨줬다.

"설마… 저번처럼 또 싸우시려고요?"

그녀는 소매부터 걷어붙이는 차준혁을 걱정했다.

"정말 중요한 일이라서 확인해봐야 해요."

"그래도 조심하세요."

방금 전 요원들은 기합과 함께 무시무시한 연무 동작을 보여줬기 때문이다.

차준혁은 살기를 버텨낸 요원들을 옆으로 물렸다.

그러자 모두의 시선이 집중되었다. 다시 시험을 받게 된 4명의 요원은 서로 시선을 주고받았다.

"왜 덤비지 않습니까."

"시작하신 겁니까?"

한 요원의 반문에 차준혁은 빠르게 다가서서 주먹으로 태무도의 격타를 연속해서 펼쳤다.

퍼퍼퍽! 퍼퍼퍽!

주먹과 팔꿈치가 그의 어깨와 복부, 옆구리로 5번 넘게 들어갔다. 순식간에 벌어진 상황으로 요원들은 급히 자세부터 고쳐 잡기 시작했다.

"실전에서 준비란 없습니다."

"크윽!"

일부러 급소를 피한 덕분인지 쓰러질 뻔했던 요원도 다시 몸을 일으켰다.

"맷집은 상당해 보이네요. 그런데, 안 덤빌 겁니까?"

"저희를 우습게 보시지 않았으면 합니다!"

요원 하나가 그렇게 외치자 다들 준비가 되었다는 듯이 달려들었다. 진짜 시험은 그때부터 시작되었다.

4명의 요원들은 협공을 하려는지 사방(四方)으로 자리를 잡았다.

파팍! 팍! 팍!

두 방향에서 횡으로 무릎, 아래로 팔꿈치가 들어왔다. 그것을 피한다면 뒤쪽에서 용절과 전추의 자세를 잡은 공격이 들어올 것이 뻔했다.

'훈련은 잘 받았군. 하지만 기술을 너무 드러내는군.'

하지만 회귀 이전부터 지금까지 태무도를 수련해 온 차준혁에게는 코끼리 앞에 개미였다.

쉬쉬쉭! 쿵!

차준혁은 일단 무회로 세 방향의 공격을 틀며 쉽게 피했다. 그리고 전추를 쓰려던 요원의 팔을 꺾으면서 바닥으로 내리꽂았다. 물론 그도 빠져나가려 했지만 잘못하면 팔이 부러질 수 있기에 어쩌지 못했다.

"멍하니 있으면 당한다는 것도 모릅니까?"

다른 요원들이 움찔하자 차준혁은 공격을 멈추지 않았다. 아까보다 더욱 거센 살기를 내뿜으며 회피 기술인 무회로 그들의 틈바구니를 파고들었다.

그들도 차준혁을 가만둘 생각이 없었다.

유중환에게 배운 태무도의 기술을 마음껏 사용했다.

"용절은 관절을 뺄 방향이 없도록 만들어야지!"

어느새 차준혁은 그들을 가르치듯이 소리쳤다.

우드득!

"크으윽!"

차준혁의 팔을 잡아 꺾으려던 요원은 오히려 자신의 팔꿈치를 부여잡으며 쓰러졌다.

이제 2명밖에 남지 않았다.

그들은 위험하다고 판단했는지 급히 뒤로 물러섰다.

"틈을 보이며 물러나봤자 좋지 않다고 말했을 텐데!"

쿵—!

일보(一步)에 태중을 실자 묵직한 발 굴리는 소리와 함께 차준혁의 몸이 튀어 나갔다.

"크억!"

"컥!"

연타로 이어진 격타의 기술이 남은 두 사람을 덮쳤다. 한 명은 복부, 마지막은 등 쪽이었다. 공격에 무게를 잔뜩 실었기에 두 사람은 쉽게 일어나지 못했다.

"후우!"

차준혁은 땀조차 흘리지 않았다. 그저 흙먼지가 묻은 손바닥부터 털고 신지연에게 재킷을 받아들었다.

"괜찮으세요?"

"보시면 아시잖아요."

차준혁은 많이 놀란 신지연의 어깨를 토닥여줬다.

"전보다 실력이 더 좋아졌군."

감탄하던 유중환이 다가와 그를 칭찬했다.

"사범님 덕분이죠. 그보다 이들도 포함시키도록 하죠. 실력은 부족하지만 포기하지 않는 행동도 필요하니까요."

바닥에 쓰러진 이들은 보통 요원들의 실력을 상회했다. 그러니 작전에 데려간다고 해도 문제가 없어 보였다.

"알겠네. 그럼 이제 자네가 말한 어떤 작전인지 설명을 좀 해주게."

유중환은 차준혁이 설명해주길 기다렸다.

"일단 자리부터 옮기죠. 호명한 요원들도 같이요."

잠시 후, IIS 회의실에는 국장인 주상원과 더불어 작전에
참가할 인원이 모두 모였다.

30명도 넘는 인원이 가득 찬 회의실은 캄캄했다.

차준혁은 정면에 설치된 화면이 들어오자 그 앞으로 서
서 입을 열었다.

"듀케이먼. 대외적으로는 미토스라는 군수산업체 및 용
병파견기업을 운영하는 CEO입니다. 하지만 다른 면에서
는 죽음의 상인이라고 불리고 있죠."

그의 설명에 사람들은 술렁이려다가 상석에 앉은 주상원
국장에게 시선을 옮겼다.

"차 대표는 그 듀케이먼을 어쩌려는 속셈입니까?"

"일단은 그의 불법적인 사업들을 모두 무너뜨릴 생각입
니다. 최종적으로 그와 더불어 마약왕 할리스도 목표죠."

주상원의 표정이 굳었다. 국내에서 밀거래되는 마약의
대부분이 마약왕 할리스를 통해 들어왔기 때문이다.

당연히 여러 차례 수사가 올라왔다. 그러나 해외의 악명
높은 인물을 국내에서 해결할 수가 없었다.

손 놓고 있는 것이 전부였다.

"차 대표도 알다시피 IIS는 대한민국을 수호하기 위한
조직입니다. 그런데 어째서 듀케이먼과 할리스를 노리는

겁니까?"

차준혁은 그의 반문에 화면을 바꿨다. 거기에는 최근 듀케이먼과 몇몇 인물의 행적이 나와 있었다.

"최근 남송그룹과 해명그룹이 접촉했다는 정황입니다. 확실하지는 않지만 상당히 좋지 못한 거래였다고 예상됩니다."

"남송과 해명에서 말인가?"

겨레회의 장로 중에 임진환도 있었다. 자금 쪽으로 큰 도움을 줬기 때문에 경쟁사인 남송과 해명의 움직임은 매번 확인해 왔다.

하지만 차준혁이 말한 사항은 처음 들었다.

"정보에 대한 거래가 있었던 것으로 생각됩니다."

"어떤 정보를 말인가?"

"얼마 전, 인도와 미국의 소규모 군수기업들이 특정 회사를 통해 매입됐습니다. 듣기로는 그곳에서 신형 미사일 추적시스템을 개발했다고 하더군요."

타국의 기업 매입은 겨레회에서 신경 쓸 일이 아니었다. 그러나 차준혁에게는 무엇보다 중요한 정보였다.

"설마… 해명과 남송이 군수기업을 강제매입해서 정보를 팔아넘겼다는 말인가?"

"매입한 기업을 추적해보니 남송의 페이퍼컴퍼니였습니다."

"이런 어처구니가 없는……."

군수 브로커도 아니고 한 나라를 대표하는 기업 중 한 곳이 이득을 위해 정보를 팔아먹은 것이다.

당연히 주상원으로서는 분노할 수밖에 없었다.

"그렇기 때문에 듀케이먼은 무너져야 할 인물입니다."

"그러면 할리스는 왜 노리는 것입니까? 그는 이탈리아와 러시아 마피아, 중국의 삼합회, 일본의 야쿠자들과도 연줄이 있는 인물입니다. 자칫 국내까지 영향력을 끼칠 수 있습니다."

전국구 조직이던 천성파를 할리스와 비교한다면 동네구멍가게 수준이다. 거기다 마약왕이라 알려진 것은 대표적인 사업일 뿐이었다.

수많은 범죄조직들과 결탁하여 사람 사업은 기본으로 하고, 듀케이먼을 통해 조직으로 무기까지 팔려 나간다.

오죽하면 마피아들이 미사일까지 가지고 있을까.

각 정부에서도 암암리에 무력을 소유하게 된 어둠의 조직들로 인해 골치를 썩고 있었다.

물론 차준혁도 그 사실을 누구보다 잘 알았다.

"미국의 세인트메디슨이라고 아실 겁니다. 그곳은 할리스와 더불어 남송그룹의 남송재단 병원하고도 연관되어 있습니다."

남송계열사의 재단병원은 전국에만 12개였다. 결코 적지 않는 수였기에 마약왕과 무슨 관련이 있는지 궁금해질 수밖에 없었다.

"무슨 연관이 되어 있다는 것입니까?"

"국외에서 임상실험을 빙자한 각성제를 실험 중입니다. 아직 국내에는 들어오지 않아 증명하기가 힘들지만, 멀지 않았다고 생각됩니다."

모든 이들의 표정이 딱딱하게 굳었다. 사람을 대상으로 각성제 개발실험을 하는 것이니 분노할 수밖에 없었다.

"증거는 있습니까?"

띠!

반문과 함께 화면에 사진 한 장이 떠올랐다.

그 사진에는 해외의 난민촌으로 보이는 허름한 풍경이 찍혀 있었다. 물론 그것뿐만이 아니었다. 마을 사람들이 기력을 잃은 표정으로 새하얀 천막 앞에 줄을 서 있었다.

한 명씩 의사들에게 건강검진을 받는 광경이었다.

"약 1달 전에 에티오피아를 여행 중이던 사진작가의 작품입니다."

"NGO의료단체에서 검진하는 모습이 아닙니까."

빈국으로 봉사를 간 상황이라는 것을 누구든 알 수 있었다. 차준혁도 처음에는 그렇게 봤다.

"참고로 이 사진을 찍은 사람은 수단 국경을 넘은 직후에 실종됐습니다. 그리고 필름은 같이 동행했던 작가에게 넘어간 상태라 정보로 수집될 수 있었습니다."

의미심장한 설명 탓에 장내가 계속 술렁거렸다.

물론 해외를 유랑하는 이들의 실종은 다반사로 벌어졌

다. 사고를 당했을 수도 있고, 의도적으로 행적을 감추는 경우도 있었다.

하지만 차준혁의 이어진 대답은 그 예상을 벗어났다.

"수단 국경지역 인근에서 시신을 찾아냈습니다. 부검 결과는 경추골절로 인한 사망. 거기다 땅 속에 묻혀 있었으니 누가 봐도 살해당한 것이죠."

도대체 무엇이 찍혔기에 살인까지 저지른 것일까. 더욱 큰 경악성이 터져 나오기 시작했다.

이에 차준혁은 다시 입을 열었다.

"사진 속의 모습이 각성제 개발실험이지 않을까 싶습니다. 그렇기 때문에 우연히 찍힌 사진조차 묻어두려고 한 것이겠죠."

"이러한 정보는 어떻게 얻어낸 것입니까?"

너무 상세한 정보였다. 그건 국정원이나 CIA, MI6과 같은 정보기관에서도 가능할지 몰랐다.

"세인트메디슨에 대해 조사하던 중에 찾아냈습니다. 그곳에서 NGO를 빙자한 의료단체가 세계 곳곳을 돌아다니더군요."

빈민국의 입장에서 NGO의 방문은 고마운 일이다.

할리스는 그런 부분을 노려 세인트메디슨과 손잡고 사리사욕을 채워 나간 것이다.

"이게 모두 사실이라면 정말 위험하겠군요."

"일망타진은 힘들겠지만 이번 작전으로 웬만큼 타격을

줄 수 있을 겁니다."

차준혁은 자신 있게 대답했다.

"어떻게 말입니까?"

"그건 이제부터 설명을 드리겠습니다."

"저는 이곳에 남으라고요?!"

깜짝 놀란 신지연이 조수석에 앉은 채 고개를 돌렸다. 운전 중이던 차준혁의 부탁 때문이다.

"모로코에서 위험할 수 있어요. 그러니 지연 씨는 한국에 남아 있어야 해요."

"저는 괜찮으니 따라갈 거예요."

끼이이익!

고집스런 그녀의 대답에 차준혁은 차를 갓길에 세웠다.

"아까 작전에 대해서 못 들었어요?"

이번 모로코에서 펼쳐질 작전은 IIS의 실전요원들까지 동원된다. 그만큼 차준혁의 작전은 위험도가 높았다.

당연히 그렇게 위험할지도 모르는 곳에 신지연을 데려갈 수는 없었다.

"들었어요. 하지만 저는 대표님의 비서잖아요."

"이번 일에는 경수를 데려갈 거예요."

지경원 다음으로 비서실장으로 임명된 주경수는 구정욱

을 보좌했다. 특수부대에 있을 때 차준혁의 부하이기도 했으니 위험한 작전에도 생존율이 누구보다 높았다.

"싫어요."

"왜 말을 안 들어요!"

차준혁은 처음으로 신지연에게 소리를 질렀다.

그러자 그녀는 깜짝 놀란 얼굴로 그를 쳐다봤다.

"후우… 소리쳐서 미안해요."

실수했다 생각한 차준혁은 급하게 흥분을 가라앉혔다.

"아니에요. 하지만 정말로 따라가고 싶어요."

"오래 걸리지 않을 거예요. 그러니 한국에서 안전하게 기다려요."

"그럼 준혁 씨만 위험한 곳으로 가는 거잖아요!"

신지연은 순수하게 차준혁을 걱정하는 마음뿐이었다.

그녀의 대답은 거기서 그치지 않고 이어졌다.

"예전에도 그렇고, 준혁 씨는 혼자서만 위험해지려고 하잖아요. 저는 그게 너무 무서워요."

경찰이었을 때 차준혁은 사건들을 해결하면서 누구보다 독단적인 모습을 보였다. 그러면서 자신을 위험 속으로 밀어 넣었다.

타인이 본다면 영웅을 보듯이 대단할 수밖에 없었다.

하지만 사랑하는 이에게는 무척이나 가슴을 졸이게 만드는 모습이었다.

"…미안해요. 그렇게 생각하고 있을 줄은 몰랐어요."

"그러니까 저도 같이 갈래요."

차준혁의 사과에도 신지연의 머릿속에서는 곁에 있겠다는 결심만 있는 것 같았다.

"이번만 이해해줘요. 지연 씨 생각처럼 저도 지연 씨가 위험해지는 걸 보고 싶지 않아요. 정말 안전하게 다녀올게요."

이내 차준혁은 그녀의 손을 꼭 잡으며 부탁했다.

그러자 신지연의 얼굴이 붉어지면서 고개가 숙여졌다.

스윽…….

차준혁은 거기서 멈추지 않고 그녀를 잡아당겨 안아주었다. 두려움에 살짝 떨던 신지연은 따뜻함이 느껴지자 눈을 감았다.

"최대한 빨리 끝내고 돌아올게요."

"정말이죠?"

"꼭 그럴게요. 믿어줄 거죠?"

겨우 마음을 돌린 신지연은 차준혁의 품에 안겨 연신 고개를 끄덕였다.

○○

며칠 후, 모로코에서 개최된 2007년 군수산업 포럼에는 수많은 국가들이 초빙되어 도착했다. 선별된 약 2천 개의 군수기업들은 국가나 다른 군수산업체에게 자신들이 만

든 신형 및 개량장비들을 열심히 설명했다.

한참 동안 시끌벅적했던 와중에 한 사내가 등장함으로써 고요함이 찾아왔다.

"…게, 게이든?"

"맞아. 듀케이먼의 오른팔인 게이든이야."

게이든은 40대 초반 정도의 스포츠머리를 한 백인 사내였다. 싸늘한 그의 푸른 눈동자가 고요해진 포럼회장을 둘러보기 시작했다. 사람들은 그와 눈을 맞추기가 싫은지 슬금슬금 피했다.

"저쪽으로 가지."

게이든이 그렇게 말하자 뒤로 6명의 사내들이 바싹 붙어서 그의 뒤를 따라갔다. 듀케이먼을 대신해 포럼을 보기만 하러 왔는지 위협적인 행동은 없었다.

그러던 중 게이든의 발걸음이 한쪽으로 향했다.

이번 모로코 군수산업 포럼에 처음으로 참가한 MR테크의 부스였다.

저벅. 저벅.

그의 발걸음이 멈추자 MR테크의 담당자들은 침을 삼켰다. 듀케이먼은 군수산업에 있어서 누구나 한 번쯤은 들어본 이름이기 때문이다.

MR테크의 담당직원들은 본래 모이라이로 인수되기 전에 군수사업체에서 일하던 사람들이었다. 당연히 죽음의 상인 듀케이먼의 명성을 한 번쯤은 들어서 알고 있었다.

게이든은 무전기처럼 생긴 EWOM과 수류탄 모양의 EWP를 보고 고개를 갸웃거렸다.

"설명을 들을 수 있겠습니까?"

영어로 흘러나온 그의 물음에 MR테크의 정환수 팀장이 입을 열었다.

"EWOM은 무선전파를 일정거리 방해하는 장비입니다. 허용거리는 약 200m. 무선으로 작동되는 전파를 모두 작동불능으로 만듭니다."

"그럼 EWP는 뭐죠?"

"총칭은 Electric Wave Pulse Bomb. 전파를 교란시키는 EWOM과 반대로 순간 증폭시키는 장비입니다."

수류탄 모양을 한 EWP는 게이든의 관심을 끌었다.

"그럼 작동 시에 어떤 효과를 주는 겁니까?"

"반경거리 20m 내로 증폭된 전파가 노이즈를 일으켜 무선장비와 더불어 착용자의 달팽이관을 일시적으로 마비시킵니다."

"흐음……!"

감탄사가 게이든의 입에서 흘러나왔다.

주변에서 같이 설명을 듣던 이들도 마찬가지였다.

MR테크에서 내놓은 신형 방탄복에만 관심을 가져 다른 장비는 관심 밖이었기 때문이다. 특히 전파를 지금과 같은 병기로 만들었으니 신기할 수밖에 없었다.

"성능은 입증된 겁니까?"

어떤 장비든 성능이 확실하냐는 것이 제일 중요했다.

그 물음에 정환수 팀장은 자신만만한 표정을 지었다.

"당연합니다. 이번에 저희 MR테크에서 내놓은 테러진 압 장비로서 어떤 상황이든 충분한 효과를 볼 수 있다고 자부할 수 있습니다."

"성능 입증을 따로 확인할 수 있겠습니까?"

전파를 이용한 장비는 누가 봐도 대단했다. 하지만 게이 든은 자신의 두 눈으로 보기 전에 믿지를 않았다.

"아직 상용화된 장비가 아니라 시연은 힘듭니다. 상부에 승인도 받지 않았고 말입니다."

애초부터 군수산업포럼은 대부분이 시제품으로 나온다. 대부분 포럼에서 투자를 받거나 거래처를 잡아 자금을 지 원받는다.

"시연에 필요한 비용과 장소는 저희 쪽에서 모두 준비하 겠습니다. 어떻습니까?"

개발업체의 입장에서는 상당한 제안이지만, 정환수 팀 장은 걱정부터 되었다.

"그건……."

옆에 서 있던 다른 직원들도 난감했다.

그때 게이든이 나타났을 때처럼 입구 쪽이 소란스러워졌 다. 자연스레 사람들의 시선도 입구로 향했다.

한 남자가 4명의 사내들에게 경호를 받으며 들어왔다.

"Mr. Cha!"

한 사람의 외침으로 그가 누군지 알 수 있었다.

콩고의 영웅이자 세계적인 신생기업으로 떠오르는 모이라이의 차준혁이었다. 그는 선글라스를 벗으며 MR테크의 부스로 다가갔다.

"대표님!"

정환수와 더불어 부스에 있던 직원들이 모두 차준혁에게 다가가 고개를 숙였다.

"반갑습니다. 정환수 팀장님. 그리고 박봉수 과장님, 김장호 대리님."

"저희들 이름을 알고 계십니까?"

MR테크의 직원들이 고개를 숙인 탓에 이름표를 볼 겨를도 없었다. 그런데 차준혁이 자신들의 이름을 전부 알고 있으니 놀랄 수밖에 없었다.

"MR테크 장비개발팀의 핵심 멤버들이시지 않습니까. 기억하는 것이 당연하죠."

차준혁은 직원들과 한 명씩 악수를 나누었다.

그사이 사람들의 이목은 점점 더 집중되었다.

TV에서나 보던 모이라이의 차준혁이 직접 모습을 드러냈으니 당연한 상황이었다.

"그보다… 손님이 와 계신 것 같군요."

게이든을 향해 차준혁의 시선이 움직였다.

"안녕하십니까. 코퍼레이션 미토스의 게이든이라고 합니다."

미토스(Mythos)란, 라틴어로 신화(神話)라는 의미였다. 국제무기상인 듀케이먼이 대외적으로 운영하는 군수산업 및 용병파견 기업의 이름이었다.

"그러셨군요. 저는 모이라이의 차준혁입니다."

"방금 전 MR테크의 장비에 대해 설명 받았습니다. 참으로 흥미가 생기더군요."

"MR테크에서 오랜 노고 끝에 개발한 장비들이죠. 좋게 봐주셔서 감사합니다."

그의 칭찬에 차준혁은 미소를 지어 보였다. 이에 나쁘지 않다고 느낀 게이든은 조심스럽게 입을 열었다.

"실례가 되지 않는다면 MR테크의 장비들을 시연해볼 수 있을까요?"

"흠… 그건 힘들 듯싶습니다."

아무리 차준혁이 MR테크의 모체인 모이라이의 대표라도 공식인증 되지 않은 장비를 무단으로 시연하게 할 수는 없었다.

물론 게이든도 그 점을 알았다. 그러나 지금의 장비는 전쟁 중인 국가를 상대로 유용하게 쓸 수 있었다.

블러디 스컬로서는 탐낼 만한 물건이었다.

"일단 보는 눈들이 많으니 자리를 옮겨서 얘기해보심이 어떻습니까."

게이든의 제안에 차준혁은 고개를 끄덕였다.

—모로코에서 모이라이의 미스터 차와 만났다고?

　게이든은 차준혁을 안내한 방으로 들어가기 전에 전화를 받았다. 상대방은 그의 주인이자 죽음의 상인이라 불리는 듀케이먼이었다.

　"그렇습니다."

　—좋은 기회로군. 이번 기회에 필히 인맥을 터놓게.

　"안 그래도 모이라이의 군수산업체 계열사에서 내놓은 장비를 연결고리로 삼을 생각입니다."

　어차피 게이든은 이번 모로코 군수산업포럼에 게이든이 참석해 장비를 물색하려 했다. 그런데 우연찮게 차준혁까지 만나게 되었으니 일석이조였다.

　—아니야. 내가 직접 만나봐야겠어.

　"이곳으로 오시겠다는 말씀이십니까?"

　듀케이먼은 뉴욕에서 중요한 거래가 있었던 탓에 게이든을 대신 보냈다.

　그런데 차준혁이 있다는 말에 곧장 움직이려고 했다.

　—거래는 무사히 성사되었으니 미스터 차에게 한 번 물어보도록 해라.

　"알겠습니다."

　—물론 군수산업체라면 무기의 성능 시연이 중요할 테니. 최대한 지원하는 조건으로 호의를 보이도록.

듀케이먼은 모이라이의 울린지를 노렸다.

처음에는 그저 옷으로만 생각했던 신소재 섬유가 획기적인 방탄 성능까지 지녔으니 탐낼 만도 했다.

"그렇게 진행하겠습니다."

물론 게이든도 잘 알고 있었다.

통화를 마친 그는 차준혁이 기다리고 있는 방으로 들어섰다.

겉과 속이 다르게 보이는 목적

　차준혁은 경호원들을 문밖에 세워 놓은 채 주경수와 들어와 있었다. 게이든은 예의를 차리며 맞은편 자리에 앉았다.

　"기다리시게 해서 죄송합니다."

　"아닙니다. 그보다 장비 시연에 대해서는 어려운 점이 있단 것을 말씀드리고 싶군요."

　대화가 시작되기도 전에 차준혁은 선부터 그었다.

　그러자 게이든의 미간이 씰룩거렸다. 잘못된 것은 아니지만 그가 벽을 쳤기에 조금 어려워질 수 있었다. 이에 게이든은 움찔거렸던 미간을 펴고 미소를 지어 보였다.

"무슨 말씀인 줄 압니다. 인증되지 않은 군수장비를 무단으로 시연할 수는 없죠. 나름 산업체의 기밀도 포함되어 있으니까요."

차준혁은 예상대로 점잖게 나오는 그를 보면서 다시 입을 열었다.

"이해해주셔서 감사합니다."

"다만……."

역시나 게이든이 포기할 리가 없었다. 다른 제안을 하려는지 말꼬리를 흐리다가 다시 이어나갔다.

"2차 세계대전 당시에는 실제 인간으로 화학병기를 실험하여 발전시켰습니다."

무척이나 섬뜩한 예시였다. 이에 차준혁의 뒤로 서 있던 주경수는 자신도 모르게 침을 삼켰다.

"지금은 21세기입니다만."

그럼에도 차준혁은 아무렇지 않게 대답했다.

"하하하! 농담입니다. 당연히 21세기에 그런 실험은 하지 않지요. 그저 예로 들어본 것뿐입니다. 혹시 기분 나쁘셨던 것은 아니겠지요?"

나름 분위기를 풀어보려던 행동인지 진지했던 그의 얼굴에서 미소가 지어졌다.

'웃기는… 역시나 듀케이먼의 오른팔인가? 제이크보다 못한 실력자가 아니군.'

차준혁에게 당했던 제이크도 용병 중에는 상당한 실력자

에 속했다. 지금 눈앞에 앉아 있는 게이든도 그와 크게 다르지 않아 보였다.

"기분은 그다지요. 그보다 장비실험을 한다면 어떤 식으로 한단 말입니까?"

차준혁이 살짝 호감을 보이자 게이든의 눈빛이 반짝거렸다. 군수장비를 개발한 사람이라면 제대로 성능을 발휘하는지 궁금한 법이기 때문이다. 그가 미끼를 물었다고 생각한 게이든의 입꼬리가 살짝 올라갔다.

"저희 미토스는 각국에서 요청하는 용병파견을 하고 있습니다. 그들에게 장비에 대한 훈련을 겸해서 시험해볼 생각입니다."

자신들의 용병들을 실험대에 올리겠다는 말이다. 물론 EWOM과 EWP는 살상병기가 아니라 위험하지는 않았다.

하지만 그런 말이 너무나도 쉽게 나왔다.

"아직 인증되지 않은 장비입니다. 특히 EWP는 거리에 따라 어느 정도의 피해가 끼칠지는 미지수입니다."

게이든은 괜찮다는 듯이 고개를 끄덕였다.

"나름 유능한 용병들입니다. 그들에게도 좋은 경험이 될 듯싶으니 어떠십니까? 물론 어떤 피해도 MR테크 측에 책임을 묻지 않을 것입니다."

약품의 임상실험처럼 군수장비도 인증은 받는 데 복잡한 절차를 거친다. 게다가 안정성과 성능에 있어서 획기적이지 못하면 만들지 않느니만 못하다.

그러한 면에 있어서 상당한 제안이었다. 차준혁은 그 제안에 대해서 곰곰이 생각하는 척하다가 말했다.

"흠… 문제가 되지 않는다면 저희에게도 좋은 기회가 될 것 같습니다. 그렇게 하도록 하죠."

"후회하지 않을 선택이 될 것입니다."

기회를 잡았다고 여긴 게이든은 손을 내밀었다.

이에 차준혁은 그와 악수를 나누었다.

"아, 모로코에는 언제까지 머무르실 예정입니까? 저희 회장님께서 직접 뵙고 싶다고 하셨습니다."

"미토스의 회장님이라면… 미스터 듀케이먼을 말씀하시는 건가요?"

차준혁은 그 이름이 익숙하지 않다는 듯이 긴가민가한 목소리로 말했다. 너무 당연한 것처럼 반응하면 자칫 묘한 느낌을 줄 수 있기 때문이다. 그는 티끌만큼의 여운조차 주지 않으려 행동하고 있었다.

"맞습니다. 방금 전에 미스터 차를 만났다고 보고하자 직접 모로코로 오신다고 했습니다. 정확한 일정은 다시 알아봐야 하는데… 어떠십니까?"

듀케이먼의 미토스 코퍼레이션은 군수산업 말고도 여러 계열사를 두고 있었다. 덩치로만 보면 대한민국의 명천그룹보다 클 정도였다.

그런 위치에 선 사람이 직접 만나고 싶다 했으니 보통 사

람에게는 엄청난 기회와 같았다. 만약 그것을 거절한다면 당연히 이상하게 볼 것이 분명했다.

"일단 포럼이 끝날 때까지 머물 생각입니다. 그리고 유명한 분이 먼저 만나자고 하시니 당연히 뵈어야죠."

군수산업체포럼은 약 1달간 진행된다. 수많은 국가가 참가하는 만큼 충분한 여유를 두고 진행되기 때문이다.

그렇게 흔쾌히 승낙한 차준혁의 대답에 게이든은 미소를 짙게 머금었다.

"감사합니다. 그럼 장비실험 준비를 위해 통화 좀 하고 오겠습니다."

게이든은 위성전화를 꺼내 들며 다시 밖으로 나갔다.

문이 열림과 동시에 차준혁은 밖에 서 있던 경호원 중 한 명과 눈이 마주쳤다. 그 순간 차준혁이 고개를 살짝 끄덕이며 의미 모를 신호를 주고받았다.

잠시 후, 통화를 마치고 돌아온 게이든은 시원한 표정으로 입을 열었다.

"실험은 2주 후에 진행할 수 있을 것 같습니다."

"나쁘지 않군요. 그럼 듀케이먼 회장님은 언제 오시는 겁니까?"

차준혁은 장비에 대한 것보다 듀케이먼에게 최대한 관심을 보이면서 물었다.

"이틀 후면 도착하실 예정이십니다. 저희 쪽에서 바로 연락을 드리죠."

"그럼 저는 포럼을 구경하며 기다리겠습니다."

말을 마친 차준혁은 다시 포럼에 참가해 다른 군수산업체의 장비들을 구경했다.

차준혁은 주경수와 같이 숙소로 돌아왔다. 주변에는 경호로 따라온 모이라이 보안팀원들도 있었다.

"작동은 시켰습니까?"

"시키신 대로 했습니다."

경호원 중에는 보안팀장 정진우도 있었다.

경호원들 모두가 품속에서 손바닥만 한 크기의 기기를 꺼내 내밀었다.

"경수야. 바로 지후에게 전송해."

그 지시에 주경수는 테이블 위로 놓인 노트북과 경호원들이 전해준 기기들을 선으로 연결시켰다.

노트북의 화면이 바뀌면서 프로그램이 실행됐다.

띠! 띠띠띠!

뭔가 계산하는 듯한 소리가 울리더니 전송 화면이 떠올랐다. 그러자 기다렸다는 듯이 차준혁의 품속에서 핸드폰이 울려댔다.

"받았냐?"

─OK!

모이라이의 정보팀 사무실에 있던 이지후였다.

"어디로 전화를 건 거야?"

―좌표는 26.148146, 6.833560. 위치를 보니까 알제
리네.

"알제리?"

대부분 사막으로 이뤄진 알제리에서 위성전화를 사용했
다면 그곳에 무언가 있다는 의미였다. 특히 실험 준비를
위해 통화한 것이니 용병들의 아지트가 있을 확률이 높을
수밖에 없었다.

―일단은 그래.

"혹시 지금까지의 내역은 확인할 수 없어?"

통화 내역을 뽑아낼 수 있다면 그동안 게이든이 위성전
화를 쓴 위치까지 모조리 찾아낼 수 있었다.

―그걸 알아내려면 해당 기기를 직접 털어봐야 해.

"흠… 쉽지는 않겠지. 벌써 마크까지 당하고 있으니 말
이야."

미토스의 게이든은 늑대의 우두머리였다. 그래서 한 번
노린 사냥감을 절대로 가만히 둘 리가 없었다.

차준혁의 앞에서는 미소를 지으며 호감을 보였지만 다시
포럼을 구경할 때는 이미 감시가 따라붙었다.

―벌써?

상황을 만만하게 생각했던 이지후가 깜짝 놀란 목소리로
되물었다.

"미토스의 듀케이먼이나 할리스는 만만치 않은 놈들이야. 그러니까 너도 조심해야 해."

모이라이에게 있어서 이지후는 정보의 처리속도를 담당하는 두뇌신경과도 같았다. 그가 잘못되기라도 하면 정보를 취급하는 데 있어서 큰 문제가 발생한다.

―알았다. 그런데 위성전화는 어떻게 할 거야?

"그건 내가 알아서 해볼게."

차준혁은 전화를 끊고 잠시 생각에 잠겼다.

일단 모이라이와 인연을 맺고 싶어 하는 듀케이먼은 어떤 식으로든 자신이 원하는 바를 취할 것이다. 그 때문에 블러디 스컬의 말단들을 시켜 울린지까지 밀반출을 시키려고 했다.

듀케이먼은 그만큼 탐욕스럽고 이기적인 인물이었다.

"혹시 요원들은 전부 들어왔나?"

그 물음에 주경수가 대답했다.

"총 30명. 최소 3개국을 거쳐서 방금 전에 입국했다고 연락받았습니다."

IIS에서 차출한 요원들은 차준혁과 함께 모로코에 들어오지 않았다. 한두 명도 아니고, 30명이나 되는 한국인들이다보니 눈에 띄기 십상이기 때문이다.

물론 한국인이라서 문제라기보다 모르는 사람인 것처럼 보여야 했다. IIS는 일종에 무장단체나 마찬가지이니 미토스 측에서 알게 되면 전면전을 벌여야 할지도 몰랐다.

모이라이가 아무리 큰 성공을 거두고 있다지만 손짓 한 번에 세계를 들썩이게 만드는 듀케이먼과 맞붙기에는 아직 역부족이었다. 이럴 때는 정공법이 아니라 뒤통수를 칠 수 있는 준비가 필요했다.

"그렇다면 각자 게이든과 그의 부하들을 감시하면서 대기하라고 해줘. 특히 듀케이먼이 입국하면 그쪽으로 인원을 집중시키고 말이야."

"요청해 놓겠습니다."

만약 듀케이먼이라면 관심 대상을 철저하게 확인할 것이 분명했다. 그 방법에 있어서 도청이나 감시카메라는 기본이었다. 물론 지금 머무는 방은 그런 장비에 대한 검사를 마친 상태였다. 다행히도 차준혁이 포럼을 구경하는 사이에 미리 설치하지는 못한 것 같았다.

"일단은 2명씩 경호체계로 돌리도록 해주세요."

보안팀장 정진우는 다른 2명을 쉬도록 보내주었다.

그사이 차준혁은 어디론가 전화를 걸었다.

이틀 후였다. 모로코의 수도 라바트에서 동남쪽으로 480km 정도 떨어진 부아르파라는 지역으로 10명 정도의 한국인들이 각자 차량을 타고 모여들었다.

부아르파는 조그만 국내선 공항과 마을이 있는 지역이

다. 거의 운영되지 않아 항공편이 들어올 일은 거의 없었다. 게다가 방문객이 많지도 않고, 동도 트지 않은 시각이었기에, 인적이 드문 공항 활주로 구석으로 모인 한국인들은 눈에 띄지 않았다.

처음 입을 연 사람은 IIS 소속으로 이번 작전에서 팀장을 맡게 된 배진수였다.

"우리를 제외한 이들은 게이든과 그의 부하들을 문제없이 감시 중이겠지?"

나머지 사람들은 각자 3명씩 이룬 조의 조장들이었다.

모두가 그의 말에 고개를 끄덕였다.

총 30명의 요원들은 모로코에 입국하기 전까지 3~5개국을 거치면서 신분세탁까지 마쳤다. 지금은 얼굴만 아시아인일 뿐이지 각자 다양한 국적으로 나뉘었다.

"그런데 정말 이곳으로 저희가 쓸 장비들이 오는 겁니까?"

질문을 던진 이는 차준혁에게 오기를 가지고 덤볐던 신참요원 중 한 명인 김욱현이었다. 그도 IIS에서만 신참일 뿐이지 경력은 제법 되어 조장을 맡았다.

"일단은 기다려봐야지."

시간은 새벽 4시가 넘어가다 해가 떠오르기 시작했다. 그러던 중에 5대의 트럭들이 활주로 안으로 들어왔다.

IIS 요원들은 자신들이 타고 온 차량을 놔둔 채 활주로 창고 뒤로 돌아갔다. 아군인지 적군인지 모르는 상황에서

192

밀집한 모습을 숨기기 위해서였다.

5대의 트럭은 예정된 듯이 IIS 요원들의 차량 앞에서 멈췄다. 그리고 흑인 한 명이 조수석에서 내리더니 몸으로 수신호를 보여주었다. 양팔을 좌우로 벌려서 한 번, 위로 한 번, 앞으로 나란히 한 번. 그것을 본 IIS 요원들은 미리 정해둔 암호라는 것을 알고 나올 수 있었다.

하지만 경계는 여전히 풀지 않은 채 문제가 생길 시 언제든 공격할 태세도 갖추었다.

"반갑습니다! 저는 콩고에서 이곳까지 장비 운송을 맡은 무라한이라고 합니다."

흑인의 입에서 어설픈 영어가 흘러나왔다.

무라한은 스와힐리어밖에 못 했다. 그래서 만날 사람들이 알아듣지 못할 거라 생각하고 얼마 전부터 배우기 시작한 영어를 썼다.

"장비를 싣고 오신 분이 맞습니까?"

배진수는 여전히 경계를 풀지 않은 채 물었다.

"맞습니다. 30명 분의 장비. 예비용으로 10명 분. 총 40명 분입니다."

다른 요원들은 트럭으로 조심스레 다가가 짐칸에 실린 장비들을 확인했다. 차준혁이 주경수를 통해 말했던 대로 정말 장비가 타국으로부터 이송되었다.

"콩고에서 여기까지 싣고 오셨다는 말입니까? 하지만 이건 MR테크에서 개발 중인 신형장비들인데……."

바로 옆 동네도 아니고, 콩고민주공화국에서 모로코의 부아르파까지는 약 4,500km의 거리였다. 차로 오려면 최소 5개 국가의 국경까지 통과해야 하기 때문에 족히 2주 이상이 걸린다.

게다가 보통 장비도 아닌 대한민국 내에서 개발 중인 신형장비들을 싣고 왔기에 다들 놀랄 수밖에 없었다.

"자세한 사항은 미스터 차에게 들으시면 됩니다. 저는 그저 요청을 받아 전해드리는 것뿐입니다."

다들 멍하니 서 있자 무라한은 트럭에 타 있던 부하들을 시켜 장비들을 그들의 차량으로 옮겨주었다.

그사이 배진수는 정신을 차리며 다시 물었다.

"하지만 어떻게 여기까지 온 겁니까?"

"콩고민주공화국은 발전과 함께 주변국들과도 상당한 무역 교류를 이루고 있습니다. 물론 대외적으로 밀접한 부분까지 드러내지는 않았지만, 영공(領空)과 국경 정도는 헬기로 어렵지 않게 통과할 정도이지요."

"허어……."

콩고에서 차준혁의 요청을 받자마자 국가적으로 움직여 장비를 실어다줬단 말과 같았다.

그런 내용 탓에 배진수나 다른 요원들은 차준혁이 가진 능력의 깊이를 또다시 가늠하기가 힘들었다.

"아무튼 중요한 임무라고만 들었습니다. 좋은 결과가 있으시길 바랍니다. 그리고 도움이 필요하시면 언제든 말씀하시라고 왕자님께서 전해 달라 하셨습니다."

IIS에 대해 자세히 모르던 둘카누는 장비를 준비해주면서 무라한을 통해 전언까지 남겼다.

요원들은 다시 트럭에 올라타 멀어지는 그들을 보며 차준혁에 대해 떠올려보았다.

차준혁과 콩고의 관계는 내란발발 중 광장 폭탄을 해체해주면서 깊어진 것으로 알고 있었다. 영웅훈장과 콩고 명예국민으로 인정받을 정도이고, 그것으로도 모자라 모이라이와 로드페이스라는 기업으로 울린지 사업까지 연관된 관계였다. 그 정도만으로도 상당히 밀접하긴 했다.

하지만 MR테크에서 개발된 신형장비들의 출처와 더불어 약 4,500km나 되는 거리까지 운송해줄 정도의 관계까지인지는 의구심이 들었다.

"정말 어떻게 파악해야 할지 모를 분이로군."

이내 배진수는 탄성을 터뜨리며 요원들을 쳐다봤다.

다들 멀뚱멀뚱 서로를 마주 보고 있을 뿐이었다.

모로코의 살레 공항은 수도 라바트에서 북동쪽으로 15km 정도 떨어진 위치에 있었다.

게이든은 아침 일찍부터 부하들과 함께 살레 공항 전용기 계류장 앞에서 대기 중이었다.

잠시 후, 비즈니스 제트기인 겔러프스트림이 계류장으로 안착하여 세워졌다. 조종석 뒤편의 문이 내려지더니 수염이 입 주변을 시커멓게 덮은 60대 사내가 지팡이를 짚으며 걸어 나왔다.

　게이든과 부하들은 곧바로 앞으로 나아가 고개부터 조아렸다. 그 사내가 바로 세계적인 군수산업체 시장을 대부분 장악한 코퍼레이션 미토스의 CEO 듀케이먼이었다.

　"회장님! 오셨습니까!"

　"여전히 모로코는 애매한 날씨군. 마음에 들지 않는단 말이지."

　모로코의 기온은 1년간 15~28도 사이로 움직인다.

　특히 5~10월 사이는 한국의 초여름 날씨와 비슷했다.

　극단적인 것을 좋아하는 듀케이먼으로서는 지금처럼 애매모호한 모로코 기후가 마음에 들지 않았다.

　"하지만 불쾌한 날씨는 아니라 다행입니다. 일단은 숙소로 모시겠습니다."

　"후후후. 그러지."

　게이든은 듀케이먼의 불만을 자연스럽게 받아넘기며 차로 안내했다. 그런데 조수석에 타려던 중 미묘한 느낌이 들어 멈칫거렸다.

　'뭐지……?'

　어디선가 시선이 느껴졌기 때문이다. 그러나 사방을 둘러봐도 현재 위치를 주시하는 흔적이 보이지 않았다.

'기분 탓인가……?'

다시 차에 올라타려던 게이든은 혹시나 하는 생각에 무전기를 들었다.

"외곽 경호팀. 이상은 없나?"

다른 누구도 아닌 미토스의 회장 듀케이먼의 입국이었다. 당연히 모로코 살레 공항 이곳저곳에는 미토스의 경호원들이 빼곡하게 배치되어 있었다. 물론 미토스의 권력으로 모로코 측에도 승인을 받아둔 상태였다.

—이상 무.

—이상 무.

하지만 아무런 이상도 전해지지 않았다.

그저 민감해진 탓이라고 생각한 게이든은 대기 중이던 차량들을 다시 출발시켰다.

그 순간, 살레 공항 일반 입국장 방향에서 안도의 한숨을 돌린 사내들이 있었다.

"후우… 걸리는 줄 알았습니다."

"간 것 같냐?"

이번 작전에 투입된 배진수와 유강수였다.

두 사람은 지시를 받아 관광객으로 위장해 오늘 살레 공항으로 들어올 듀케이먼을 기다리고 있었다.

그러던 중에 전용기를 발견했다. 첩보장비인 장난감처럼 생긴 고성능 망원경으로 항공기를 구경하는 척하다가 듀케이먼의 모습을 확인했다. 하지만 갑자기 고개를 돌린 게이든의 행동에 깜짝 놀라고 말았다.

"다행히 그건 아닌 것 같습니다."

"휴우… 살았네."

고성능 망원경으로나 확인할 수 있는 거리였다. 그럼에도 게이든의 눈빛이 너무 날카로워 순간적으로 놀랄 수밖에 없었다. 괜히 딴청을 피우다 속닥거린 두 사람은 이곳저곳에 배치된 경호원들에게로 시선을 돌렸다.

그들만 봐도 듀케이먼을 감시하는 데 최대한 조심할 필요가 느껴졌다.

"일단 보고부터 올려야겠습니다."

"그건 내가 전하도록 하지. 자네는 B팀에게 조심하라고 해줘. 방금 전에 그 녀석이 만만치 않을 것 같아."

배진수는 게이든에 관한 정보를 받았다.

국제용병 블러디 스컬 본대에서 게이든은 실질적인 부대장을 맡고 있다가 최근에 대장으로 올라갔다.

콩고에서 블러디 스컬에 관한 정보는 숨겼기에 어떤 이유로 그가 대장이 된 것인지는 자세히 알지 못했다.

그러나 방금 전 벌어진 일로 실력이 심상치 않단 것은 예상할 수 있었다.

"알겠습니다. 그리고 목표가 왔으니 팀원 모두에게도 전파하도록 하겠습니다."

이에 유강수는 듀케이먼의 이동과 함께 미토스의 경호원

들도 움직인 것을 확인했다.

○○

모로코의 번화가인 마리나 아가리드의 고급 레스토랑에서 호탕한 웃음소리가 터져 나왔다.

"하하하하하!"

미토스의 회장인 듀케이먼의 함박웃음이었다. 그리고 맞은편에 그처럼 웃음을 지은 차준혁이 앉아 있었다.

오직 두 사람뿐이었다. 가게 자체를 대여해 다른 손님도 없었고, 경호원들도 레스토랑 밖으로 물려둔 상태였다. 그저 두 사람이 시원시원한 대화를 나눌 뿐이었다.

"제 이야기가 마음에 드셨나보군요."

"대한민국이란 나라에서 군대가 징병제라고 들었는데, 그런 일들이 생기는지 몰랐습니다! 하하하!"

소위 말하는 군대 이야기였을 뿐이었다. 다만 대한민국은 미국처럼 지원제가 아닌 징병제이다 보니 남자들의 군대 생활에 황당한 사건들이 많았다.

그러한 이야기에 징병제를 겪어보지 못한 듀케이먼은 씹던 샐러드가 테이블 위로 튈 정도로 웃어댔다.

"총기를 사오라는 것 말고도 속옷을 훔쳐 가는 일도 다반사입니다. 어느 날은 상관이 부하의 이름이 적힌 속옷까지 입고 있지요."

"푸하하하하하! 정말 웃겨서 죽겠습니다."

차준혁의 이야기가 다시 이어지자 듀케이먼은 배를 부여잡으며 숨까지 헐떡였다.

'혹시나 하고 꺼내본 얘기인데 이 정도로 먹힐 줄은 몰랐네.'

처음 분위기가 너무 무거워 분위기 전환을 위해 군대 이야기를 해줬을 뿐이었다.

그런데 취향을 제대로 저격했는지 차준혁이 대한민국 군대 사건을 얘기할 때마다 듀케이먼은 빵빵 터졌다.

"마음에 드신다니 다행입니다."

"솔직히 말해보세요. 지어내신 이야기 아닙니까?"

너무 말이 안 된다고 생각하는 것 같았다.

하지만 대한민국의 건아라면 군대에서 한 번씩은 겪어봤을 만한 일들이었다. 오히려 너무 당연해서 신참들에게도 써먹어 대대손손 퍼질 정도였다.

"정말 있었던 일들입니다. 제가 누구 앞이라고 그런 이야기들을 지어내겠습니까."

"진짜라면 대단할 정도입니다. 그런 식으로 대한민국의 군대가 돌아가는 것도 신기하군요."

솔직히 차준혁도 자국의 군대체계를 비하하고 싶지는 않았다. 그런데 재미있는 이야기를 찾다보니 어쩔 수 없었다. 생전에도 그렇지만 지금도 유머러스한 부분이 없다보니 사람을 대하는 데 어려운 부분이 있기 때문이다.

물론 차준혁은 부사관이었기에 직접 겪어본 적은 없었다. 그저 병사들 사이에서 들렸던 일들을 떠올려 말한 것뿐이었다.

"특수부대나 전방, 중요 부대의 체계는 어떤 나라의 군대보다 철저하게 운영되고 있습니다. 그 휘하의 말단 병사들 사이에서만 지금까지 말한 군대 이야기대로 여러 사건들이 생길 뿐이지요."

"하긴 그렇겠지요. 제가 너무 재미있다 보니 안 좋게 말씀드린 것처럼 되었습니다."

듀케이먼도 실례였다고 생각했는지 방금 전에 자신이 했던 말을 정정해주었다.

"아닙니다. 그보다 저희가 너무 가벼운 화제로만 이야기를 나눴군요."

"덕분에 잘 웃었습니다. 그럼 이제는 조금 진지해져볼까요?"

식사로 시킨 고기는 듀케이먼이 계속 웃어댄 통에 제대로 먹지 못해 식어버렸다. 다시 주문하기도 뭐 했기에 따뜻한 커피를 한 잔씩 시켜 앞에다가 두었다.

"직설적인 것을 좋아하시는 것 같으니 본론부터 말씀드리지요. 저는 모이라이에서 주도하는 울린지 사업에 대해 많은 관심을 가지고 있습니다."

"신소재섬유를 개량한 방탄섬유 때문이겠군요. 허나 그건 자국의 군수장비로 지정되었습니다."

울린지를 사용한 방탄복은 현재 대한민국 군수보급품으로 정해졌다. 노진현 대통령이 IIS 창설에 썼던 자금을 막기 위해 발표한 MR 테크 군수장비개발비용으로 들어갔기 때문이다. 게다가 납품할 양을 한 번에 맞출 수는 없기에 특수부대와 전방 부대 위주로만 지급된 상태였다.

"저도 당연히 알고 있습니다. 제가 원하는 것은 울린지 섬유의 개량권리입니다."

"그 부분이라면 제가 아니라 콩고정부와 의논하실 문제라고 생각합니다만."

울린지의 섬유 개발권은 콩고민주공화국 정부에게 있었다. 모이라이나 로드페이스는 개발된 섬유를 상품화시킬 권리와 판매권리만 가졌을 뿐이다.

물론 듀케이먼은 그 부분도 알고 있었다.

"미스터 차께서 미토스와 콩고를 연결시켜주셨으면 한단 말씀입니다."

듀케이먼도 한국정부나 골드라인처럼 차준혁을 통해 콩고와 연줄을 이을 계획이었다. 물론 그중에 한국정부의 수뇌부는 겨레회란 정체가 차준혁에게 드러나 같은 배를 타고 있었다.

"전해드릴 수는 있지만, 확답은 드릴 수 없습니다."

조금 단호해 보일 수 있는 대답에 듀케이먼의 미간이 살짝 일그러졌다가 펴졌다. 불같은 성격이 뻗쳐 나올 뻔했지만 다 차려지고 있는 밥상을 엎을 수는 없었다.

"혹시 모로코는 처음이십니까?"

"예. 이번이 처음입니다."

차준혁은 회귀하기 전, IIS 요원으로서 임무를 위해 모로코에 몇 번이나 방문했다.

"다행이군요. 그럼 제가 계시는 동안 좋은 곳들을 안내해드릴까 하는데⋯ 어떠십니까?"

듀케이먼은 접대라도 할 생각인지 호기심이 동하길 바란 얼굴로 물었다.

"좋은⋯ 곳이요? 혹시 폐퇴적인 곳이라면 사양하고 싶군요. 제게는 소중한 사람이 있어서요."

"그게 아닙니다. 사실 저희 미토스에서도 새로운 장비들을 개발 중인데⋯ 그걸 보여드릴까 합니다."

도박에서 상대방을 깊숙한 곳으로 끌어들이려면 자신의 패를 의도적으로 보여줄 필요가 있었다. 듀케이먼은 차준혁을 끌어들이기 위해 자신의 패부터 보여줄 생각이었다.

"흠⋯ 미토스라면 군수장비들을 미연방국과 주로 거래하지 않습니까. 그걸 보여주신단 말입니까?"

그건 듀케이먼으로서도 상당한 제안이었다.

하지만 그 제안을 받으면 어떻게든 콩고와 연결시켜줘야 하는 족쇄가 잡히는 것과 마찬가지였다. 모이라이와 미토스가 모종의 거래를 했던 정황이 남기 때문이다.

"맞습니다."

듀케이먼은 밑바닥부터 미토스란 거대 기업을 세운 저력

을 보여줬다. 망설임 없는 부담스런 제안과 스스로의 결정을 의심하지 않는 결정력이 그것을 알게 해주었다.

'이거… 만만치 않은 상대로군.'

차준혁은 그가 이만한 제안을 내걸지 몰랐다.

그래서 살짝 당혹스런 표정을 지을 뻔했지만 절대로 흔들리지 말아야 했다.

"그 부분은 좀 생각해볼 필요가 있겠습니다."

"생각할 시간이 얼마나 필요하십니까?"

절대 허투루 보내지 않겠단 의지마저 보였다.

여기서 차준혁이 애매한 대답을 던진다면 제안에 대한 결정이 수포로 돌아갈 수 있었다.

"일주일이면 될 것 같군요."

결정을 내린 차준혁의 대답에 듀케이먼은 조금 오묘한 표정을 지었다.

"유능한 CEO께서 결단이 오래 걸리시는군요."

"아시다시피 대한민국과 미국은 우방국입니다. 기업의 군수산업으로 국가 간의 동맹관계를 위험하게 만들 수 있기 때문입니다."

미토스야 주 거래처가 미국일 뿐이지 세계적으로 군수장비와 용병을 파견하는 국제기업이었다. 반면에 모이라이는 대한민국 내에 있었다. 기업 문제로 국가분쟁을 일으킨다면 국민들의 원성까지 살지도 몰랐다.

그 점은 듀케이먼도 이해하기 어렵지 않았다.

"맞는 말씀이군요. 제 생각이 좀 짧았습니다. 방금 전 말에 기분이 상하셨다면 죄송합니다."

"아닙니다. 울린지 사업이 얼마나 대단한 것인지 저희도 잘 압니다. 그러니 듀케이먼 회장님께서 재촉하신 것이 아니겠습니까."

둘은 남은 대화를 마치며 자리에서 일어났다.

"그리고 지내시는 동안 뵈어도 괜찮겠지요?"

"저는 좋습니다."

이번 모로코 군수산업포럼에서 차준혁의 등장은 여러 군수기업들에게 선망과도 같았다. 특히 울린지에 대해서는 그들도 새롭게 개발하고 싶어 했다.

듀케이먼의 입장에서 차준혁을 노리는 그 기업들이 접근하지 못하도록 만들 필요성이 있었다.

차준혁과 듀케이먼은 대화를 마치고 밖으로 나갔다.

경호원들과 두 사람의 오른팔인 게이든, 주경수가 차를 대놓고 기다리는 중이었다.

그러다 차준혁은 자신의 위성전화를 꺼내들었다.

"잠시 통화 좀……."

아직 배웅 인사를 하기 전이었다.

차준혁은 그를 기다리게 만든 후에 위성전화의 버튼을 눌렀다. 수화기에서는 아무 소리도 들리지 않았다.

"고장이 난 건가?"

툭! 툭!

위성전화를 두드려 봐도 들려야 할 신호가 조용했다.

"무슨 일 있으십니까?"

"일단 콩고의 둘카누 왕자님의 스케줄을 알아볼까 했는데, 위성전화가 먹통이 된 것 같습니다."

약조에 대한 일말의 가능성을 보여주기 위해서였다.

그런데 위성전화가 작동되지 않으니 그런 의도는 무산될 것처럼 보였다.

"흐음… 역시 사업이 뭔지 아시는 분이시군요."

듀케이먼은 그 행동이 마음에 들었다. 그래서 잠시 고민을 하다가 게이든에게 손을 내밀었다.

"우리 위성전화기를 빌려주게."

"알겠습니다. 회장님."

게이든은 차 안에서 위성전화기를 꺼내 와 차준혁에게 건네주었다.

"잠시만 기다려주시죠."

그들에게 직접 보여주기 위해 멀지않은 거리에서 전화를 걸었다. 동시에 품속으로 손을 넣어 위성전파 역추적 장치를 작동시켰다.

띠띠띠띠……!

신호음이 가다가 둘카누 왕자가 전화를 받았다.

"왕자님. 저 한국의 차준혁입니다."

─오~! 형제여! 무슨 일인가? 그보다 말투는 왜 그래?

서로 말을 놓기로 했는데 차준혁이 다시 말을 높이자 둘

카누는 의아하며 물었다.

"오랜만에 전화를 드립니다."

—왜 이래? 무슨 일 있는 거야?

"다름이 아니라 제가 지금 모로코에서 중요한 귀빈을 한 분 만났습니다. 이분께서 왕자님을 한 번 만나 뵙고 싶어 하시는데… 일정을 내주실 수 있을까요?"

차준혁은 그의 물음에 대답하지 않고 무작정 용건부터 꺼냈다.

—귀빈? 일정? 이건 무슨 소리야?

"당연히 왕자님께서 바쁘신 것은 잘 알지요. 하지만 한 번만 시간을 빼주셨으면 합니다."

—야! 뭘 바빠!! 나 시간 많아! 무슨 말인지 설명 좀 해달라고!

전후 사정도 없이 던져진 차준혁의 대답에 둘카누는 버럭버럭 소리를 질렀다. 다행히 사람들과는 조금 떨어진 위치라 그 말이 제대로 들리지 않았다.

"화를 내실 만도 하죠. 갑자기 이런 부탁을 드려 죄송합니다. 그래도 한 번만 생각해봐주시길 바랍니다."

띠!

차준혁은 그렇게 전화를 끊고 사람들 쪽으로 다가갔다.

듀케이먼은 수화기 너머로 높아진 언성을 들어 걱정스런 얼굴이었다.

"너무 갑자기 전화를 드렸나보군요. 제 재촉으로 괜한

낭패만 보신 듯합니다."

"아닙니다. 왕자님께서 말씀은 심하게 하셨지만 괜찮을 겁니다. 일단 차후에 결과를 말씀드리도록 하겠습니다."

그 결과에 듀케이먼은 만족해 하며 미소를 지었다.

확실한 약속은 아니지만 통화한 모습을 봤으니 가능성이 있다는 의미였기 때문이다.

"일단은 감사드립니다. 앞으로도 우리의 관계를 더욱더 가깝게 만들고 싶습니다."

"서로 노력해보도록 하죠."

두 사람은 그 말을 끝으로 각자 차량에 올라타 숙소로 돌아갔다.

"위성전파를 추적하여 해킹해본 결과가 나왔습니다."

주경수는 모이라이 정보팀을 통해 전해진 서류를 들고 와 읽기 시작했다.

이에 차준혁은 소파에 앉아 그 설명을 들었다.

"최근 1년간 주로 수신 확인된 국가는 뉴욕과 쿠바, 리비아, 알제리, 콩고민주공화국입니다. 그중에 쿠바와 알제리가 제일 빈번했습니다."

설명을 듣게 된 차준혁은 곰곰이 생각했다.

'콩고민주공화국은 내란을 조성했을 때였겠지. 쿠바는

할리스이려나…? 그런데 알제리?'

두 국가는 어렵지 않게 유추할 수 있었다.

하지만 알제리는 차준혁의 회귀 전 기억 속에서도 마땅한 이유를 찾지 못했다.

"알제리 어디 쪽인지는 나왔어?"

"좌표로는 22.568564, 6.635995입니다. 위치는 이곳으로 잡혔습니다."

이에 주경수는 앞으로 내민 지도의 한 부분을 가리켜 추가 설명해주었다.

"알제리 동남쪽 산속이네."

사막의 나라인 알제리에는 숲이 많지 않았다. 동남쪽으로 산속이 형성되어 있는데 그중에 한 곳이었다.

"어떻게 할까요?"

"일단 요원 2명만 그쪽으로 파견해줘. 혹시 모르니 잠입 실력이 제일 좋은 요원들로 말이야."

IIS의 요원들은 듀케이먼을 집중 감시 중이었다.

물론 경호가 워낙 삼엄해서 근접 감시는 힘들었다.

대부분 장거리 감시를 하고, 사람이 많은 곳에 나타날 때만 전파 역추적 장치와 도청을 시도했다.

'대체 뭐가 있기에 위성전화를 많이 사용한 거지?'

알제리에 무엇이 있는지는 몰랐다.

그러나 통화 기록의 수가 상당하다면 듀케이먼과 중요한 관련이 있을 것이라고 예상되었다.

"이지후 팀장을 통해 바로 요청하겠습니다."

현재 차준혁은 듀케이먼에게 집중적인 관심을 받고 있었다. 지금도 호텔방 몇 개는 미토스에 소속된 요원들이 차지하고 있을 정도였다.

어쩌다보니 서로가 서로를 감시하는 중이었다.

물론 듀케이먼은 차준혁이 다른 군수기업과 접촉하지 않도록 만들기 위해서였다. 그래서 차준혁은 IIS 요원들과 직접 접촉하지 않고, 모이라이로 우회하여 지시를 넣었다.

모로코의 수도 라바트에서 알제리 목표 지점까지 약 1,800km의 거리였다. 그곳으로 파견된 유강수와 김욱현은 알제리 국경을 넘어 어렵게 도착할 수 있었다.

"이거 만만치 않은데요?"

김욱현은 온몸을 덮은 모래막이용 로브가 휘날리는 것을 부여잡으며 말했다.

차에서 내린 지 4시간.

알제리 목표 지점에 정확히 무엇이 있는지 모르니 조용하게 이동하기 위해서였다. 그리고 2명만 움직이는 이유도 많은 인원을 움직이면 눈에 띄기 쉽기 때문이다.

"이제 숲이 보이니 더욱 조심해야 해."

유강수는 눈에 대고 있던 저격 스코프를 내리며 대답했다.

잠시 후, 사막의 모래바람이 잦아들면서 모래능선 너머로 산의 형상이 보였다. 그곳으로 진입한 두 사람은 경계를 늦추지 않고 깊숙이 들어갔다.

스윽!

산으로 30분간 들어갔을 때 유강수가 주먹을 들었다.

기본적인 신호로 멈추라는 의미였다. 김욱현도 그것을 잘 알기에 바로 발부터 멈추고 몸을 아래로 숙였다.

30m정도 떨어진 거리에서 수풀이 들썩이더니 완전무장한 검정색 전투복의 외국인들이 모습을 드러냈다.

"$%&$%&$%&$%."

"$%&%$&$%."

인원은 총 4명이었다.

그들은 영어로 대화를 나누며 주위를 살피고 있었다.

유강수와 김욱현은 그들에게 들키지 않기 위해 태중의 호흡을 옅게 내뱉으며 최대한 기척을 죽였다.

다행히 무장한 외국인들은 수풀 뒤로 몸을 숨긴 그들을 발견하지 못하고 점점 멀어져 갔다.

"후우… 도대체 여기 뭐가 있어서 저런 녀석들이 돌아다니는 걸까요?"

조마조마했던 김욱현은 작은 목소리로 물었다.

"보통 일은 아닌 것 같다. 더 조심할 필요가 있겠어."

얼핏 본 외국인들은 덩치나 착용한 장비들도 최상이었다. 방금 본 4명이 전부가 아닐 확률도 있었다. 그런 상황에서 서로 맞부딪친다면 유강수와 김욱현이 위험했다.

"이대로 들어가면 될까요?"

"아니야. 순찰하는 녀석들이 더 있을지 몰라. 일단은 방금 녀석들이 간 곳으로 따라가 보자."

　미행하겠다는 의미였다. 오히려 더 위험할지 모르는 선택이었기에 김욱현은 놀랄 수밖에 없었다.

"괜찮을까요?"

"오히려 저 녀석들이 걸어간 방향이 안전할 수도 있으니까."

　무장 군인이 있다면 트랩도 있을지도 몰랐다. 지역상황을 확실히 모르니 안전성이 우선적으로 필요했다.

　유강수는 그런 부분에서 의외의 수를 찾은 것이다.

"하긴 그렇겠군요."

"더 주의가 필요한 방법이지만 말이야."

　두 사람은 그렇게 대화를 마치고 무장 군인들이 걸어간 방향으로 발걸음을 옮겼다. 흔적은 부러진 나뭇가지와 발자국으로 어렵지 않게 찾을 수 있었다. 그들에게는 자신들의 구역이니 딱히 숨길 필요가 없기 때문이다.

　덕분에 유강수는 김욱현과 같이 그 흔적을 쫓아 계속 앞으로 나아갈 수 있었다.

　대략 30분 정도 걸었을 때였다.

이번에도 유강수가 김욱현을 붙잡으며 멈추게 만들었다. 목소리는 내지 않았다. 그저 시선을 던져 무슨 이유인지 물을 뿐이었다.

유강수는 손가락으로 조금 떨어진 나무 사이를 가리켰다. 어둠 속에서 달빛에 반사된 은사가 반짝거렸다.

트랩이 설치된 장소였다.

'폭음 수류탄 트랩인가?'

은사 끝에 설치된 것은 살상을 목적으로 한 세열 수류탄이 아니었다. 커다란 소음만 울릴 뿐이었다. 커다란 소리를 울려 위치가 발각되도록 만든 것이 분명했다.

'도대체 여기에 뭐가 있는 거지?'

유강수는 김욱현과 같이 은사를 피해 다시 미행을 시작해 갔다. 그렇게 두 사람은 30분을 더 걸어가자 숲 사이로 비춰지는 불빛을 발견할 수 있었다.

미행하던 길 쪽에서 발견한 위치였다. 그곳에는 넓게 만들어진 공터 안으로 수십 동의 천막이 설치돼 있었다.

"여긴 도대체 뭘 하는 곳일까요?"

조명이 밝혀진 천막 사이로 방금 전 보았던 무장 군인들이 걸어 다녔다. 그 수는 대략 100명도 더 되었다.

김욱현의 물음에 유강수는 심상치 않단 것을 느끼면서 조용히 대답했다.

"마치 외인부대 훈련소 같군."

"그러고 보니 비슷한 것 같습니다."

다수의 무장 군인이 천막 외곽을 순찰하고 있었다. 그리고 안쪽으로 비무장인 사내들이 돌아다녔다.

기강이 잡힌 걸음걸이와 행동들이 제일 먼저 눈에 띄었다. 절대로 평범한 사람들일 리가 없었다.

"알제리에 이런 외인부대 훈련소가 있다니… 그렇다면 미토스의 용병 훈련 시설인가?"

애초부터 목적은 듀케이먼의 위성전화의 전파가 최근까지 다량으로 수신된 지역을 탐색하기 위해서였다.

그렇다면 지금 발견한 곳이 듀케이먼과 밀접한 관계가 있는 것이 확실했다.

"안으로 잠입해볼까요?"

무장 군인들 중에는 아시아인들도 몇몇 보였다. 김욱현은 그런 부분 덕분에 잠입도 어렵지 않겠다 생각했다.

하지만 유강수의 생각은 그렇지 못했다.

"천막의 배치와 대략적인 인원만 확인하고 탐색을 마친다."

"이건 기회입니다."

IIS 요원으로서 처음으로 받게 된 적지 잠입 임무였다.

2명뿐인 팀으로 실질적인 지휘관은 경험이 많은 유강수가 맡고 있었다. 반면에 실전 임무 자체가 처음이었던 김욱현은 그와 달리 의욕이 너무 앞섰다.

"이건 명령이다. 이번 임무에 탐색보다 안전이 최우선인 것을 너도 알잖아."

"하지만……."

"우리는 어느 곳에서도 드러나선 안 돼. 특히 이번 임무는 더더욱 말이야."

김욱현은 욕심 부렸던 마음을 가라앉혔다.

"알겠습니다. 그렇다면 촬영을 시작하겠습니다."

"빨리 하도록 하지."

그 대답과 함께 김욱현은 품속에서 NVG처럼 생긴 카메라를 착용했다.

NVGC(Night Vision Goggles Camera).

야간투시경을 개조하여 심야에도 명확하게 사진을 찍을 수 있도록 차준혁이 개발한 장비였다.

일단 미행했던 순찰 용병들이 다시 돌아올지 몰랐다.

그로 인해 촬영이 시작되자 김욱현은 체열 감지 스코프가 달린 소총을 들어 주변부터 경계했다.

잠시 후, 유강수는 흠칫 놀라더니 바닥으로 엎드렸다. 동시에 김욱현의 뒷덜미도 잡아 같이 숙이도록 만들었다.

"쉿!"

체열 감지 스코프 덕분에 반대쪽으로 다가오는 순찰병들을 발견했다. 다행히 순찰병들은 그들을 발견하지 못하고 지나갔다. 유강수가 안도의 한숨을 내쉬었다.

"얼마나 남았어?"

"다 끝났습니다."

아슬아슬하게 끝났다.

"그럼 신속하게 복귀한다. 트랩을 조심하도록 해."

폭음용 그레네이드 트랩이 이곳저곳에 깔려 있으니 복귀에도 조심할 필요가 있었다. 순찰병들이 완전히 멀어진 것을 확인한 유강수는 김욱현과 같이 신중하게 걸음을 옮겼다.

쾅—!

그때 숲 속에서 갑작스런 폭음이 울려 퍼졌다.

유강수와 김욱현이 트랩에 걸린 것은 아니었다. 오히려 깜짝 놀란 두 사람은 소리가 난 방향으로 고개를 돌렸다.

"트랩이 왜 터진 거지?"

"그게 문제가 아니야. 후드 제대로 쓰고 달리기나 해!"

폭음으로 인해 군인들이 언제 몰려올지 몰랐다. 그로 인해 유강수는 김욱현을 재촉하며 달리기 시작했다.

물론 트랩에 걸리지 않기 위해 경계를 놓지 않았다.

다행히도 그들이 용병들의 주둔지와 완전히 멀어지자 용병들이 나타나 흔적을 지나쳤다.

타다다닥!

숲 속은 폭음에 이어 발자국 소리가 울리며 소란스러워졌다. 순찰을 돌던 용병들이 완전무장한 모습으로 그 장소에 밀집했다.

각양각색의 인종이 섞인 12명의 용병들이었다.

목표 지점에 도착한 용병들은 허탈한 웃음을 흘렸다.

그중에 흑인 용병이 입을 열었다.

"뭐야? 부러진 나뭇가지가 트랩을 건드린 건가?"

방금 전에 울린 폭음이라면 누구도 쉽게 움직이지 못했을 것이다. 그러나 주변으로 쓰러진 동물이나 사람은 없으니 나뭇가지일 확률이 높았다.

다들 그 물음을 듣고 비릿한 미소를 지었다.

"그럴지도 모르지. 처음으로 침입자가 들어왔나 싶었더니… 허탕이었군."

"몸 좀 풀까 했는데… 겨우 나뭇가지인가."

용병들은 아쉬움이 잔뜩 묻어나는 목소리로 말했다.

"다들 특이사항은 없었겠지?"

"없습니다."

"그럼 순찰 지역으로 돌아가도록 한다."

상관으로 보이는 아시아계 용병의 지시에 실실거리던 이들이 진지한 표정을 지었다.

그는 미토스 용병 훈련장의 순찰대장 소이치였다.

모두가 소이치의 지시에 달려왔던 곳으로 향했다. 물론 소이치도 팀원들과 함께 제자리로 돌아가고 있었다.

"응……?"

방금 지나온 길로 가던 중 막사와 가까운 자리가 그의 눈에 들어왔다. 수풀이 낮게 눌려 있었기 때문이다.

"왜 그러십니까?"

그의 부하가 멈춰선 소이치에게 물었다.

"뭔가 앉아 있던 것 같은데?"

"동물이 앉아 있었나 보죠."

"기다려봐. 여기는 A—1. 센터 감시 상황에 이상은 없었나."

소이치는 무전기의 버튼을 눌러 중앙 망루 보초병에게 물었다.

그러자 노이즈가 울리며 목소리가 들려왔다.

치칙!

─이상 없습니다.

"체열 감지기도 말인가?"

겉으로 보기와 달리 천막으로 지어진 막사에는 최첨단 감시설비까지 마련되어 있었다.

─문제없었습니다.

소이치는 더욱 의아한 표정을 지었다.

"혹시 다른 녀석들이 짱 박혀서 쉬던 자리일지도 모릅니다."

용병도 사람이었다. 위험이 거의 없는 주둔지이니 농땡이를 쳤을지도 몰랐다.

"하긴… 알겠다. 수고하도록."

소이치는 팀원들과 같이 순찰 지역으로 발길을 돌렸다.

하지만 그들은 몰랐다.

유강수와 김욱현이 IIS에서 개발한 체열 감지 방지용 로브를 입고 있었단 사실을 말이다.

그것은 혹시 몰라서 차준혁이 그들에게 가져가라고 지시해 놓은 거였다.

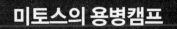

미토스의 용병캠프

"용병캠프로군."

차준혁은 유강수와 김욱현이 조사해 온 알제리 목표 지점에 대한 사진을 보며 말했다.

옆에 있던 주경수는 고개를 갸웃거렸다.

"그럼 알제리에 미토스가 운영하는 용병조직 주둔지가 있단 말이군요."

"맞아. 하지만 공식적인 용병 주둔지는 남아프리카 공화국에 있을 텐데."

미토스도 나름 기업이다 보니 용병파견에 대해서도 투명성이 필요했다. 그렇지 않으면 기업의 사적인 무력조직이란 오해를 살 수도 있기 때문이다.

물론 정확한 위치까지는 아니다.

그저 대략적인 국가만 알려지도록 되어 있을 뿐이다.

"그럼 여기는 뭘까요?"

"듀케이먼이 사적으로 운영하는 용병캠프겠지."

차준혁은 사진들을 천천히 넘겨보았다. 주둔 중인 병력만 대략 100명. 장비도 거의 최첨단으로 착용했다.

군수산업체를 운영 중인 미토스라도 쉽게 손에 넣지 못할 타국의 신형장비까지 보였다.

"여기에 뭔가 중요한 것을 보관 중일지도 모르겠는데."

"일단 쳐봐야 하는 것 아닙니까?"

"전쟁 일으킬 일 있어?"

알제리는 콩고민주공화국과 국가적 관계를 맺고 있지만, 미토스의 용병캠프가 있는 만큼 듀케이먼과도 밀접할 것이 분명하다. 자칫 국가적인 문제로 발전할 수 있었다.

"그럼 어떻게 합니까? 어차피 IIS의 요원들도 모로코에 와 있으니 괜찮지 않을까요?"

주경수는 차준혁이 중요하게 생각하는 것만큼 의욕을 보였다. 반면에 차준혁은 확실하지 않은 정보로 IIS를 드러낼 생각이 없었다.

"아니야. 일단은 여길 보니 서버 시설도 되어 있는 것 같아. 정보가 있을지도 모르지. 그걸 털어볼 방법을 생각해봐야겠어."

듀케이먼이 다수 연락을 주고받은 주둔지였다. 물론 용병캠프인 이유 때문에 그럴 가능성도 있었다.

하지만 캠프에 설치된 장비들이 심상치 않았다.

장비의 개발당국에서 안다면 얼굴부터 구겨질 정도였다. 당연히 해당국이 알게 되면 미토스로서도 난감해질 수 있는 사항이었다.

"이지후 팀장님이 해킹해보는 것은 어떨까요?"

그의 말처럼 이지후의 실력이라면 장비만 되어도 펜타곤까지 털 수 있었다. 그러나 미국과 척을 질 수도 있기에 함부로 건드리지는 못했다.

"사막 한복판에서 공용 위성을 쓸리는 없겠지. 그럼 지후도 해킹하기가 어려워. 누가 서버에 따로 연결시켜주면 모를까."

아무리 유능한 해커도 서버로 들어가지 못하면 소용없었다. 반대로 연결만 할 수 있다면 누구보다 빠르게 서버를 털 수도 있었다.

"그렇다면 누가 가서 연결을 해야겠군요."

"하지만 중앙 감시탑에 어떤 경비체계가 되어 있는지 모르니 문제인데… 주둔한 병력도 문제이고……."

하나둘도 아니고 약 100명이 넘는 인원이 완전무장한 상태였다. 아무리 날고 긴다는 요원이라도 무리였다.

"내가 가면 힘들어도 가능은 할 텐데."

"그건 안 됩니다!"

주경수는 차준혁이 걱정되기에 급히 만류했다.

"하지만 가능한 요원들이 없잖아. 나라면 혼자서 움직일 수도 있고 말이야."

"차라리 요원들의 정체를 숨기고 공격해보죠. 소란을 일으킨 후에 서버만 열도록 작전을 세워보는 겁니다."

주경수는 나름대로 작전을 세워보았다. 차준혁도 생각해본 작전이었다. 하지만 IIS의 요원들이 미완성된 상태에서 모습을 드러낼 수는 없었다.

"그건 안 된다고 했잖아."

공격 자체는 가능했다. 그러나 국경을 넘는 과정이나 밀집하는 데 있어서 미토스와 알제리 정부의 관심이 쏠릴 것이다. 물론 최대한 숨기겠지만 한계란 것이 존재했다. 어떻든 국가 단위에서 완벽하게 숨길 수는 없었다.

"설마 정말로 혼자서 그곳에 가실 생각은 아니시죠?"

"일단은 듀케이먼의 시선부터 돌릴 수 있을지 봐야 해. 하루가 멀다 하고 매일 보자고 하니 쉽지는 않겠지만."

듀케이먼은 매일매일 차준혁에게 얼굴을 비췄다. 정말 질릴 정도였다. 그렇게 만날 때마다 차준혁은 그의 기분을 맞춰주며 적당히 선도 그어야 해서 너무나 피곤했다.

"최대한 빨리 움직일 수 있는 경로부터 확보해야겠어."

매일 만나는 듀케이먼을 따돌리기란 쉽지 않았다. 거기다 숙소까지 감시당하는 상황이니 그에 맞는 대책이 필요했다.

그렇게 잠시 고민에 빠진 차준혁은 문득 떠오른 것이 있었다.

"듀케이먼이 술을 좋아한다고 했던가?"

며칠 후, 차준혁은 이른 오후부터 듀케이먼과 마주하고 있었다. 두 사람 사이에는 기다란 테이블 위로 술병들이 놓인 상태였다.

"술을 안 좋아하시지 않았습니까?"

그동안 차준혁이 듀케이먼과 만나면서 술을 입에 댄 적이 없었기 때문이다.

"싫어하는 것은 아닙니다. 하지만 업무적인 차원에서는 웬만하면 안 마셔서 말입니다."

"이 술병들을 보니 오늘은 업무적인 만남이 아닌가 봅니다."

모로코는 이슬람 국가인 만큼 술에 대한 규제가 엄격하다. 외부에서 구매가 힘들뿐만 아니라, 정부에서 승인받은 식당에서만 취급할 수 있었다.

두 사람이 자리한 식당도 그런 곳 중에 하나였다.

"그동안 듀케이먼 회장님께서 친히 찾아와주셨으니 이번에는 제가 대접해드려야죠."

차준혁이 술병을 따서 그의 잔부터 채워주었다. 상당한

고급 양주라 향긋한 술 향기가 솔솔 피어올랐다.

"상당히 좋은 술이로군요."

"모로코에서 주류를 취급하는 가게 중에 일품이라고 합
니다. 오늘은 통째로 빌렸으니 마음껏 드시죠."

"좋습니다!"

듀케이먼도 차준혁은 상대하면서 억지 미소를 지은 적이
많았다. 솔직히 울린지만 아니었다면 상대할 일도 없는 관
계였기 때문이다. 사업적인 부분에서 직접적인 관계가 필
요해 비위를 맞춰야 했다. 그런데 차준혁이 먼저 대접해
오니 기분이 좋을 수밖에 없었다.

"캬아~!"

기분 좋게 한 잔을 털어낸 듀케이먼은 계속해서 잔을 내
밀었다. 이에 차준혁도 같이 마시며 1병, 2병씩 독한 술들
을 비워 나갔다.

두 사람이 만난 시각은 오후 3시였다. 그로부터 술을 마
신 지 2시간가량이 지나자 차준혁이 반쯤 감긴 눈으로 듀
케이먼을 쳐다봤다.

"후우… 정말 술이 세시군요."

거친 호흡과 함께 차준혁의 입에서 술 냄새가 진동했다.
그것은 멀쩡해 보인 듀케이먼도 마찬가지였다.

"미스터 차도 만만치 않습니다."

"저는 화장실 좀……."

털썩!

자리에서 일어나려던 차준혁은 비틀거리다가 바닥으로 쓰러졌다.

"이런… 많이 취하셨나보군. 이봐! 밖에 누구 없나!"

한숨을 내쉰 듀케이먼은 밖으로 소리를 질렀다. 그러자 입구 쪽에서 경비를 서고 있던 양측의 경호원들이 안으로 달려 들어왔다.

"대표님!"

모이라이 측 경호원인 정진우는 바닥에 쓰러진 차준혁에게 급히 다가갔다.

"많이 취하신 것 같으니 숙소로 안내해드리게. 내일 아침 9시에 찾아뵌다고 전해드리고 말이야."

"아, 알겠습니다."

정진우는 술 냄새가 진동하는 차준혁을 들쳐 메고서 가게를 나섰다. 그사이 무전을 받고 온 다른 경호원들과 잠시 자리를 비웠던 주경수가 돌아왔다.

"얼마나 드신 겁니까?"

"테이블에 놓인 걸로 봐선 한 사람당 양주 3병은 드신 것 같습니다."

"혼자서 말입니까?"

깜짝 놀랄 만한 주량이었다. 그 정도 술을 마시고 정신을 잃지 않은 듀케이먼이 대단해 보일 정도였다.

"일단 숙소로 옮기겠습니다."

그들은 차준혁을 뒷좌석에 태운 뒤 숙소로 향했다.

하지만 숙소에 도착해서도 차준혁은 깰 기미가 보이지 않았다. 완전히 정신을 잃은 것처럼 보였기에 정진우가 걱정스런 목소리로 물었다.

"병원에 데려가 위세척이라도 시켜드려야 하는 것 아닐까요?"

그때 주경수가 품속에서 도청기 탐지장치를 가동해 방 안부터 확인했다.

"아무것도 없네요."

"대표님께서 취하신 마당에 도청 확인은 왜 하시는 겁니까?"

"술이 다 깨셨을 테니까요."

그 말과 함께 주경수는 차준혁을 빤히 쳐다보며 다시 입을 열었다.

"대표님. 차량이랑 비행기를 준비시켜놨습니다. 지금 출발하지 않으시면 예정 시간에 못 맞추실 겁니다."

"그게 무슨 말씀이십니까? 대표님께서 이런 상태이신데 어떻게 작전을 나갑니까!"

정진우도 차준혁의 작전에 대해 알고 있었다. 그러나 지금과 같은 만취 상태로 작전을 나가기란 불가능했다.

"연기하시는 겁니다. 정말 칸트 영화제에 나가셔도 될 만큼의 연기시네요."

차준혁은 비아냥거리는 주경수의 목소리를 들으며 꿈틀

230

거렸다. 그리고 조심스럽게 고개를 들어 그를 쳐다봤다.

"아직도 내가 혼자서 작전 간다고 삐진 거냐?"

"그럴 리가 있겠습니까."

누가 들어도 말투에서부터 가시가 박혀 있었다.

"정말 안 취하신 겁니까?"

반면에 만취라고 철썩 같이 믿고 있던 정진우가 깜짝 놀라며 되물었다.

"거의 다 깼습니다. 하지만 아까는 진짜 죽는 줄 알았네요."

침대에서 몸을 일으킨 차준혁은 목을 풀며 정신을 더욱 또렷하게 부여잡았다.

"술을 안 드신 겁니까?"

"안 마셨을 리가 있겠습니까. 아오… 머리야…….."

다수가 정신없이 술을 마시는 자리라면 모를까. 단둘이서 대작을 해대니 옆으로 뺄 수도 없었다.

이에 차준혁은 살기를 가라앉힐 때 썼던 진화환을 숙취해소용으로 사용했다. 우연히 발견한 효능으로 살기와 더불어 술기운까지 빠르게 해독시켜주었다.

"이대로는 안 되겠네."

혼자서 양주를 3명 넘게 비운 탓에 정신을 차리기가 힘들었다. 그래서 그는 진화환을 하나 더 꺼내 먹었다.

"후우…….."

심호흡과 함께 약기운이 차준혁의 전신으로 퍼졌다.

지금처럼 빠른 효능 덕분에 과도한 음주에도 버틸 수 있었던 것이다.

"비행기랑 차량은 내가 말해둔 위치에 세워둔 거지?"

"내일 9시까지 듀케이먼이 오기로 했습니다. 그러니 예상 소요 시간으로 보면 5분 안에 나가셔야 합니다."

주경수가 시계를 가리키자 차준혁은 곧장 전투복으로 갈아입었다. 울린지로 만든 상하의 세트에 장갑에다가 마스크까지 착용하여 얼굴을 가렸다.

"열쇠는 차량에 꽂혀 있습니다. 다른 장비는 요원들에게 요청해놨으니 조종사가 대기 중인 비행기에 실어뒀을 겁니다."

"알았어. 그럼 난 빨리 갔다 올게. 그리고 정 팀장님. 아시겠지만 저는 지금부터 밤새도록 숙취로 잠들어 있었던 겁니다."

그 모습을 멍하니 보고 있던 정진우는 고개를 끄덕였다.

"이거… 떨어지면 죽겠는데?"

차준혁은 창문을 열고 아래를 쳐다봤다. 지상까지 23층의 높이였다. 잘못해서 떨어지면 바로 즉사이기 때문에 조심할 필요가 있었다.

"조심하십시오."

창문 밖으로 차준혁이 나가자 주경수는 머리를 내밀며 신신당부했다. 난간을 붙잡고 매달려 있던 차준혁은 그를 보며 마스크 속에서 웃음을 지었다.

"걱정하지 마라. 듀케이먼이 불시에 찾아올지도 모르니 잘 대처하고 있어."

차준혁은 난간을 잡은 채 창문이 없는 건물 뒤쪽으로 넘어갔다. 그곳으로 간 이유는 사람들의 시선에 띄지 않기 위해서였다.

"여기면 되겠지."

그 후, 위쪽으로 갈고리 장치를 매단 후 손을 놓았다. 갈고리 장치에서 직경 3mm의 철사가 뽑혀지며 떨어지지 않고 내려갈 수 있었다. 바닥에 도착하자 밧줄 끝에 매달아둔 갈고리 장치를 리모컨으로 작동시켰다. 날카로운 소리와 함께 은사가 쑥쑥 감겨 올라갔다.

촤르르르르륵!

고작 오후 6시가 넘어 해가 지지 않은 시각이었다.

현재 차준혁의 차림은 워낙 수상하기 때문에 주의할 필요가 있었다. 그래서 착지할 지점 옆으로 주경수가 차를 주차시켜두었다.

차에 올라탄 차준혁은 곧장 시동을 걸어 비행기가 대기 중인 도시 외곽으로 향했다.

듀케이먼은 거하게 취한 채 모로코의 저택 거실에 앉아 있었다.

"크크큭! 미스터 차란 친구 정말로 재미있군. 사업이 뭔지 아는 친구란 말이야."

"기분이 좋으신가보군요."

그의 경호원이자 블러디 스컬의 대장인 게이든은 물을 한 잔 들고 조용히 다가왔다.

"카아~! 시원하네. 당연히 좋고 말고. 자네는 그렇지 않은가?"

게이든은 여전히 진지한 표정이었다.

"저는 솔직히 찜찜합니다."

"무엇이 말인가?"

"회장님께서도 아시겠지만 미스터 차는 어떤 이들보다 베일에 싸여 있는 인물입니다."

미토스 측에서도 차준혁에 대한 조사를 마친 상태였다. 태어난 본적부터 현재까지의 행적까지 모두 알고 있었다.

"하긴. 아무것도 없던 사람이 갑작스레 모이라이라는 엄청난 기업을 손에 넣었으니 그럴 만도 하지."

차준혁의 모이라이 대표 취임은 누구나 갖는 의문스러운 사항 중 하나였다. 물론 투자라는 개념으로 대표가 된 상황을 만들었지만, 그것으로 고위 기업인들까지 납득하기란 어려웠다.

"학창시절의 성적도 거기서 거기였습니다. 물론 투자했다는 사실만으로 대표가 될 수도 있겠죠. 하지만 이후에 모이라이는 계속해서 성장 중입니다."

게이든은 자신이 의문을 가졌던 부분을 떠올리며 계속 말을 이어나갔다.

"솔직히 배후에 누군가 있지 않을까 합니다."

골드라인의 생각과 마찬가지였다. 모이라이의 성장만큼 차준혁의 실력을 온전하게 믿지 못하기 때문이다.

"나 또한 그런 생각을 했지. 혹여 그렇다 해도 미스터 차와의 관계가 중요하지 않나."

"그건 그렇습니다."

차준혁의 뒤에 누가 있든 듀케이먼에게 목적은 오로지 울린지였다. 섬유시장과 더불어 군수장비에 있어 혁신을 일으킨 울린지만 따로 개발할 수 있다면 미토스에게 있어서 큰 힘이 될 것이다.

듀케이먼은 술기운이 더 올라오는지 깊게 숨을 내뱉으며 입을 열었다.

"후우… 아무튼 미스터 차에게 이곳에 있는 동안 파리들이 들러붙지 않도록 만들어라."

"그건 걱정 없습니다. 하지만 경계심이 많은 것 같습니다."

"왜 그렇게 생각하지?"

게이든은 살짝 머뭇거리다가 숨기고 있던 것을 조심스럽게 꺼냈다.

"사실 제 독단으로 미스터 차의 동태를 살피기 위해 도청기와 카메라를 설치했습니다."

지금까지 게이든은 차준혁의 숙소나 차량에다가 몇 차례씩 시도했다.

그런데 듀케이먼은 게이든이 보고 없이 움직인 사항임에도 질책하지 않았다.

오히려 관심이 있다는 표정으로 물었다.

"소득은 있었나?"

"죄송합니다. 몇 번을 시도했음에도 계속 들키고 말았습니다."

차준혁과 경호원들이 매번 장비 검사를 하여 도청기와 카메라를 찾아냈다. 물론 그것에 대해서는 차준혁 측에서 전혀 티를 내지 않았다.

"최근에 개발된 장비들도 써보았나?"

멋대로 한 행동이었지만.

"예. 그런데 아직 탐색할 수 없는 장치들도 모두 찾아낸 것 같습니다."

미토스는 군수산업체 중에 1순위라고 할 수 있었다.

그곳에서 최신 개발된 도청장비라면 아직 탐색할 장비가 만들어지지 못했을 것이다.

다만 차준혁은 그걸 뛰어넘어 미리 개발해두었다.

"그렇다면 MR테크에 우리를 앞서는 기술이 있을지도 모른다는 말도 되겠군."

"아마도 그렇게 추측됩니다."

MR테크의 기술력이 그만큼 대단하다면 울린지와 같이

탐이 났다.

게이든의 대답과 함께 듀케이먼의 미소가 짙어졌다.

"더 잘된 일이로군."

알제리 상공으로 경비행기가 지나갔다.

그 경비행기에는 차준혁이 탑승하고 있었다.

잠시 후, 경비행기의 문이 열리더니 차준혁은 망설임 없이 뛰어내렸다.

고도는 약 5,000feet로 약 1.5km의 높이였다.

차준혁은 상당한 높이에서 몸을 꼿꼿이 세워 더욱 빠르게 떨어졌다. 그리고 낙하산을 펼칠 아슬아슬한 높이가 되자 줄을 잡아당겼다.

낙하하는 시간도 줄이기 위해 최대한 늦게까지 버틴 것이다. 그러다 5m 정도 높이가 되자 낙하산이 연결된 버클을 잘라내 사막의 푹신한 모래와 낙법으로 무사히 착지했다.

"현재 시각 21시 23분."

모래를 털어낸 차준혁은 시간과 함께 GPS장치를 확인했다. 멀지 않은 곳에 주경수가 미리 준비해둔 차량이 있기 때문이다.

차준혁은 그 차량을 찾아 유강수가 알아낸 미토스의 용

병캠프가 있는 곳으로 향했다.

일단 차량으로 숲까지 도달해야만 시간을 단축할 수 있었다. 그래서 용병캠프의 시야가 닿지 않을 만한 숲 반대쪽으로 돌아갈 수밖에 없었다.

"시간이 아슬아슬하겠는데?"

차량으로 모래를 헤치며 3시간정도 달리자 용병캠프가 자리한 알제리 숲 외곽에 도착할 수 있었다.

어느새 시간은 밤 11시가 넘어갔다.

복귀할 때도 미리 대기하고 있을 경비행기를 타고 갈 것이다. 그러나 숲의 이동과 잠입, 해킹, 복귀 시간까지 고려했을 때 남은 9시간 만에 가능할지가 문제였다.

"일단 준비부터 해야지."

차준혁은 차량을 수풀 사이로 숨겨 놓고 체열 감지 방지로브를 입은 뒤 해킹장비들을 챙겼다.

그렇게 준비를 마치고 숲으로 진입할 수 있었다.

사사사사삭!

캠프에 주둔 중인 용병들은 프로였다.

미약한 살기조차 감지할지도 몰랐다.

이에 차준혁은 최대한 살기를 억누르며 초감각을 펼쳐 트랩을 피하기 시작했다. 트랩 또한 유강수와 김욱현이 미리 잠입했던 덕분에 알 수 있었다.

물론 천천히 달린다면 초감각을 쓰지 않아도 트랩을 찾아낼 수 있었다. 그러나 시간이 문제였기 때문에 최단시간

내에 도착해야만 했다.

사삭!

계속해서 달리던 차준혁은 급히 발걸음을 멈추고 나무 뒤로 숨었다.

'캠프의 순찰병인가?'

완전무장한 용병 4명이 주변을 두리번거리며 지나갔다.

그들은 설렁설렁해 보였지만 눈빛만큼은 날카로웠다.

태중의 호흡으로 기척을 완전 죽인 차준혁은 용병들이 지나가길 기다렸다가 다시 움직이기 시작했다.

잠시 후, 트랩에 전혀 걸리지 않고 캠프까지 도착할 수 있었다. 시간은 새벽 1시 21분이 되었다.

취침 시간인지 중앙 망루와 외곽으로 순찰을 도는 용병 들밖에 보이지 않았다.

"역시… 체열 감지기도 있었군."

차준혁은 초감각으로 증폭시켜 중앙 망루에 달린 감시카 메라의 형태를 확인했다. 열화상 장치가 달린 체열 감지기 와 적외선카메라가 사방을 감시하는 중이었다.

"체열 감지 방지 장비를 만들지 않았으면 큰일 날 뻔했겠 는데."

IIS의 첩보장비를 발전시키기 위해 차준혁이 내놓은 장 비 개발 아이디어였다. 만약 겨레회와 연결되지 않았다면 지금과 같은 장비를 다시 만들 생각조차 안 했을 것이다.

"저 천막이 컴퓨터가 있는 곳인가?"

일단 차준혁은 증폭된 시야로 천막들 사이를 가로지른 전선을 따라가 확인했다.

야외에 설치된 캠프와 맞지 않은 굵은 전선들이 한 개의 천막 쪽으로 들어가 있었다. 그런 전선의 반대쪽은 캠프 바깥쪽에 놓인 발전기와 연결된 상태였다.

상당한 전력이 필요하다면 대량의 전력을 소비하는 장비가 설치되어 있다는 의미와 같았다.

"상당히 깊은 곳인데… 조심하지 않으면 들키겠어."

차준혁은 로브의 후드를 더욱 깊게 눌러쓰고 캠프로 접근했다. 방금 전 망루와 발전기, 전선의 흐름과 함께 순찰병들의 이동패턴도 확인한 덕분이었다.

어둠 속으로 스며든 차준혁의 모습은 회귀 전에 콩고 반란군들을 처리했던 무음 살인술의 이동방법이었다.

물론 이곳에서 사람을 죽일 수는 없었다.

최대한 기척을 죽여 움직일 뿐이다.

사사삭! 사사사삭!

용병들도 실력이 좋겠지만 차준혁의 무음 이동술을 알아채지 못했다. 차준혁은 천막 사이의 그림자만 통과하여 전선이 들어간 천막 근처에 도착할 수 있었다.

천막 입구 쪽으로 2명의 용병이 보초를 섰다.

'안은 어떤 거지?'

이번에는 초감각으로 청력을 증폭시켜 천막 안을 살폈다. 타자가 두드려지는 소리가 들려왔다.

'안에 사람이 있나 보네.'

소리를 확인한 차준혁은 천막 밑단을 살짝 들춰 내부를 보았다. 역시 컴퓨터가 설치된 천막이었다.

하지만 중동 쪽의 사람으로 보이는 사내 한 명이 바쁘게 자판을 두드리고 있었다. 그러다 사내는 전화를 받더니 영어로 말하기 시작했다.

"미사일추적시스템을 팔 곳은 XXX국입니다. 금액은 3,000만 달러로 낙찰되었습니다."

남자는 진지한 표정으로 자판을 두드리며 계속해서 말했다.

"위성 해킹 코드는 2,500만 달러입니다. 그리고……."

대부분이 살상병기와 관련된 이야기였다.

거기다 말로 오가는 금액에 액수도 엄청났다.

처음에 말한 3,000만 달러만 해도 한화로 치면 약 300억에 달했다. 그 뒤로 오간 금액까지 합친다면 대략 2,000억 원이 넘었다. 밖에서 그 통화를 듣던 차준혁은 어렵지 않게 추측할 수 있었다.

'설마 용병캠프에서 병기를 밀거래하고 있는 건가?'

일종에 무기 블랙마켓인 것이다. 그리고 통화한 사내는 그 거래를 주도하는 마켓의 관리인 같았다.

'이곳을 털어보면 정보가 상당하겠는데? 저 사람은 기절시키는 수밖에 없는 건가.'

잠시 상황을 지켜보던 차준혁은 그 천막으로 순찰병이

들락거리는지 확인했다. 그 시간조차 복귀할 시간을 감안한다면 위험할 수 있었다.

하지만 지금으로써는 모험보다 확실함이 필요했다.

그렇게 차준혁은 45분 정도를 천막의 그림자 속에서 숨어서 보냈다.

1시간 단위를 순찰 도는 것이라면 진즉에 누구든 들어왔어야 한다. 그러나 안으로 들어간 사람은 없었다.

'저긴 완전히 독립적인 공간인가보군.'

결정을 내린 차준혁은 살짝 들췄던 천막을 들어 신속하게 안으로 들어갔다.

"오늘자 경매는 여기까지인가?"

작업하던 중동인 사내는 기지개를 켜며 몸이 쭉 늘어지다가 목에 무언가가 휘감기는 느낌을 받았다.

"……!"

사내는 경동맥과 기도가 완벽하게 잡힌 탓에 발버둥 칠 새도 없이 정신을 잃고 말았다.

'그럼 시작해볼까?'

상황이 정리되자 차준혁은 품속에서 챙겨둔 위성 수신기의 부품을 조립해 컴퓨터로 연결했다.

외부로 인터넷이 연결된 것이다. 동시에 모니터 화면으로 장난기 어린 꼬마유령 엠블럼이 떠올랐다. 꼬마유령은 화면에서 키득키득 웃는 말풍선을 떠올리며 움직였다.

'하여간 지후 녀석은…….'

꼬마유령 엠블럼은 이지후가 해킹할 때 사용하는 트레이드 마크였다. 그렇게 화면은 계속해서 바뀌면서 이지후의 해킹이 진행되었다.

파일은 모조리 복사하고, 서버에 연결된 계좌, 최근에 컴퓨터에 연결되었던 다른 서버의 흔적까지 탈탈 털었다.

다만 정보량이 상당한 탓에 전송이 오래 걸릴 수밖에 없었다.

'이대로 가다간 진짜 아슬아슬하겠어.'

동이 튼 지도 2시간이 지났다.

초조해진 주경수는 차준혁의 호텔방 거실을 정신없게 빙빙 돌았다. 그러자 앉아 있던 정진우가 머리를 긁었다.

"주 비서님. 그런다고 대표님이 빨리 도착하는 것도 아니지 않습니까."

"1시간 뒤면 듀케이먼이 온단 말입니다."

어느새 시간은 8시가 되었다. 곧 있으면 듀케이먼이 방문하겠다고 약속했던 시간이었다.

주변 방으로는 듀케이먼의 부하들이 감시하고 있었다. 그들은 차준혁이 방 안에 없단 것을 알게 된다면 당연히 의심할 것이다. 거기다 차준혁의 작전까지 실패했다면 그에게도 소식이 전해질 테니 문제가 커질 수도 있었다.

"대체 왜 이렇게 안 오시는 거죠?"

더욱 초조해진 주경수는 언성이 높아지려 했다.

"조용히 계세요. 지금 우리가 할 수 있는 일은 아무것도 없습니다."

지금도 듀케이먼의 부하들이 방 앞을 감시 중이니 데리러 갈 수도 없었다. 그저 기다리는 것이 전부였다.

10분… 20분… 40분…….

결국 시간은 계속 흘러갔다.

분침이 움직일 때마다 시침은 9시에 가까워졌다.

띵동!

마침내 초인종이 울렸다. 시간은 9시가 되기 5분 전이었다. 초조해 하던 주경수는 심장이 떨어질 것만 같은 표정으로 방문을 쳐다봤다.

"이걸 어떻게 하면 좋습니까!"

"일단은 최대한 시간을 끌어보세요!"

큰일이 났다고 여긴 주경수는 정진우의 말을 듣고서도 문으로 쉽사리 다가가지 못했다.

"빨리요! 시간을 끌면 더 의심받을 겁니다!"

이에 정진우는 작게 말하며 그의 등을 떠밀었다.

어쩔 수 없이 열어줘야 할 상황이었다. 때문에 주경수는 크게 심호흡을 한 뒤에 문고리를 잡아 돌렸다.

문 앞으로 듀케이먼과 게이든이 서 있었다.

"미스터 차는 일어나셨나?"

그는 인사도 없이 주경수에게 물었다.

어떻게 대답할지 미처 생각하지 못한 주경수는 눈동자를 고정한 채 입을 열었다.

"아, 아직입니다. 술 때문에 아직 일어나지 못하셨습니다."

겨우 핑계를 떠올리자 듀케이먼은 심드렁한 표정을 지어 보였다.

"그럼 내가 깨우도록 하지."

주경수는 안으로 들어오려던 그의 앞을 가로막았다.

지금 방 안쪽 침대에는 차준혁이 없기 때문이다.

소파에 앉아 있던 정진우도 어느새 주경수의 옆으로 서서 같이 길을 막았다.

"죄송합니다만, 숙소로는 관계자 외에 출입을 금지하고 있습니다."

"어허! 나와 미스터 차의 관계를 모르는 건가?"

듀케이먼은 그 행동이 불쾌했는지 안으로 밀고 들어오려고 했다. 물론 주경수와 정진우를 비롯해 입구 양쪽을 지키고 있던 다른 경호원들도 가만히 있지 않았다.

그들이 들어오지 못하도록 실랑이를 벌였다.

물론 거센 반발은 없었다. 게이든도 가만히 있을 수 없기에 듀케이먼을 막는 그들을 옆으로 밀쳐냈다.

"이게 뭐 하는 짓입니까!"

그가 영어로 소리치자 주경수와 정진우는 문에서 한 걸

음 떨어졌다.

"저희는 분명히 말씀드렸습니다."

"당신들도 저희 회장님과 미스터 차의 친분을 아시지 않습니까. 그렇다면 굳이 이렇게 막을 필요까지는 없을 텐데요."

주경수는 그 말을 들으면서도 물러나지 못했다.

"실례인 줄 알지만 저희는 지시받은 대로 행동할 뿐입니다."

"정말 이러실 겁니까?"

지금까지 차준혁과 듀케이먼이 만나 왔던 것을 생각하면 이렇게까지 막는 것이 이상할 수밖에 없었다. 물론 주경수는 차준혁의 비서였기에 지시대로 움직이는 것이 당연했다. 하지만 게이든은 이런 상황이 이상했다.

"미스터 차를 직접 데리러 오신 저희 회장님을 계속 이렇게 세워두실 겁니까? 하다못해 거실에서 기다리도록 해주실 수도 있지 않습니까."

그와 동시에 주경수의 시선이 살짝 옆으로 향했다.

거실에서는 차준혁의 방이 곧바로 보였다. 아마 두 발자국만 더 들어오면 비어 있는 침대가 보일 것이다.

"저희 대표님은 어제의 숙취로 일어나시기가 힘듭니다. 그걸 안다면 이런 상황이 오히려 실례인 것이 아닙니까."

주경수도 질 수 없다는 듯이 그의 말에 반박했다.

"진짜 이러실 겁니까."

"저희 입장도 이해해주시죠."

두 사람 사이의 분위기가 험악해졌다. 나름 주경수도 특수부대에서 상당한 경험이 있었기에 게이든이 블러디 스컬의 대장이라 해도 충분히 버텨낼 만했다.

두 사람이 서로를 노려보기 시작했다.

"후우… 둘 다 그만들 하시지."

갑자기 방 쪽에서 차준혁의 목소리가 들려왔다.

그 목소리를 들은 사람들은 고개를 돌렸다.

차준혁은 가운을 입은 채로 젖은 머리에서 물을 뚝뚝 떨어뜨리고 있었다.

"대표님!"

이에 주경수는 급히 그에게 다가갔다.

"밖이 너무 시끄러워서 말이야."

인상을 찌푸린 차준혁은 문 앞으로 다가가 듀케이먼과 마주섰다.

"죄송합니다. 어제 술이 과했는지 방금 일어나 정신을 좀 차리려고 샤워부터 했습니다."

지금 차준혁의 얼굴은 상당히 창백했다. 그의 모습에 방금 전까지 정색했던 듀케이먼은 걱정부터 했다.

"안색이 좋지 못한데… 괜찮습니까?"

"술에서 깨려고 찬물로 샤워를 해서 그런가 봅니다. 으으으……."

차준혁이 몸까지 떨어대자 듀케이먼은 심상치 않다고 느

겼다.

"이런… 숙취 때문에 몸 상태가 더 심해졌나보군요."

"죄송하지만 오늘은 실례를 좀 해야 할 듯싶습니다."

"난 괜찮으니 푹 쉬도록 하세요. 그리고 실례는 우리 쪽에서 했지 않습니까."

듀케이먼은 그렇게 말하며 게이든을 쳐다봤다. 자신도 무작정 들어가려 했지만 그에게 대신 사과시키려는 행동이었다.

"실례했습니다. 미스터 차."

"아닙니다. 오늘은 쉬도록 할 테니 내일 뵙도록 하죠."

"푹 쉬십시오."

대답을 끝으로 듀케이먼은 돌아가려고 했다. 그런데 그때 게이든이 들고 있던 위성전화가 울렸다.

게이든은 조금 떨어져서 그 전화를 받았다. 그런데 표정이 점점 굳어져 갔다.

누가 봐도 좋지 못한 소식이란 것을 알 수 있었다.

현관에 서 있던 차준혁의 입가에 한순간 옅은 미소가 걸렸다.

'그 녀석이 이제야 깨어났나 보군.'

미토스의 용병캠프에서 온 전화가 분명했다.

전화를 마친 게이든은 통화한 사항을 듀케이먼에게 귓속말로 전해주었다. 그와 동시에 듀케이먼의 얼굴은 종잇장처럼 꽉 구겨졌다. 용병캠프의 서버가 털렸다는 사실을 들었을 텐데도 분노를 꾹 참는 표정이었다.

"빨리 돌아가도록 하지."

이를 악문 듀케이먼은 그대로 발걸음을 재촉했다.

차준혁은 그가 복도에서 보이지 않자 문을 닫고 거실소
파에 주저앉았다.

"후우… 걸리는 줄 알았네."

가운 밑으로 접힌 전투복 바지 밑단이 보였다.

주경수는 허탈한 표정을 짓고 있다가 급히 다가와 물었
다.

"대체 어떻게 되신 겁니까?! 저희가 얼마나 걱정했는지
아십니까!"

"목소리 좀 낮춰."

인상을 찌푸린 차준혁은 다시 일어나 가운과 젖은 전투
복을 벗어재꼈다.

"정말 아슬아슬했어. 시간을 겨우 맞췄다고 생각했는데
5분이나 일찍 올 줄이야."

조용히 있던 정진우가 조심스럽게 물었다.

"작전은 성공하신 겁니까?"

"성공했으니 여기 있겠죠. 방금 전 전화도 캠프에서 온
전화일 겁니다."

차준혁은 그렇게 대답하면서 수건으로 몸을 닦고 새 옷
으로 갈아입었다.

이에 주경수는 안도하면서도 궁금증이 생겼다.

"그럼 캠프에 기밀정보가 있었던 겁니까?"

"일단은 한국으로 돌아가서 확인해봐야겠지만, 상상했던 것보다 엄청난 걸 건진지도 몰라."

"엄청난 것이요?"

이지후가 서버에 연결된 캠프의 컴퓨터 정보를 해킹하면서 몇몇 화면들을 보여줬다. 정말로 상상을 초월할 정보들이 담겨 있었다. 아마도 듀케이먼은 그곳만큼 안전한 곳이 없을 거라 안심했을 것이다.

"듀케이먼은 제대로 뒷덜미를 잡힌 것이지. 이제 얻을 것도 얻었으니까 한국으로 돌아갈 준비를 하자."

주경수는 한 가지 걱정되었다.

"그자에게 포럼이 끝날 때까지 남아 있겠다고 했지 않았습니까. 그리고 둘카누 왕자에 대해서도요."

그동안 차준혁에게 친절을 베푼 듀케이먼에게는 중요한 약속일 수 있었다. 만약 그것을 어긴다면 기업 대 기업으로 좋지 못한 관계가 형성될지도 몰랐다.

"일단 회사의 중요한 일로 귀국하게 되었다고 연락만 해두면 될 거야. 어차피 듀케이먼도 정신이 없다보니 더 이상 만날 시간도 내지 못할 테니까 말이야."

이미 충분한 친분을 쌓아두었다. 워낙 아슬아슬했던 시간 탓에 그들이 차준혁을 의심하기는 힘들었다.

완전히 용의선상에서 빠진 것이다. 반면에 주경수는 자신 있게 말하는 차준혁의 태도가 신기할 수밖에 없었다.

"얼마나 대단한 정보이기에 그러십니까?"

"가서 보면 알게 될 거야. 아무튼 빨리 돌아갈 준비부터 하자. 요원들에게도 곧장 철수 지시를 내려줘."

차준혁의 예상으로 듀케이먼은 알제리의 용병캠프로 갈 것이다. 그곳은 요원들도 미행하지 못할 장소였다.

중요한 정보는 모두 얻었으니 그들도 훈련의 완성을 위해 IIS으로 돌아가야 했다.

"알겠습니다. 바로 전달하겠습니다."

주경수와 정진우는 지시를 받자마자 한국으로의 귀국을 위해 분주하게 움직였다. 그사이 차준혁은 목을 한 번 가다듬고 듀케이먼에게 전화를 걸었다.

"쿨럭! 쿨럭! 저 차준혁입니다."

—기침이 심하시군요. 방금 전에 쉬신다고 하신 분이 어쩐 일이십니까?

수화기 너머로 들려오는 그의 목소리는 억지로 흥분을 가라앉힌 것처럼 들려왔다.

"다름이 아니라… 쿨럭! 한국 본사에 중요한 일이 생겨 급하게 귀국해야 할 것 같아서 말입니다. 쿨럭!"

차준혁은 대화 중간에 기침소리를 크게 냈다. 그러자 듀케이먼은 더욱 걱정스런 목소리가 되었다.

—몸도 안 좋으신 것 같은데… 괜찮으시겠습니까?

"상당히 중요한 일이라서요. 쿨럭! 쿨럭! 그보다 듀케이먼 회장님과의 일정을 지켜드리지 못해 죄송하단 말씀을

드리려고 전화했습니다. 쿨럭!"

더 거세진 차준혁의 기침소리가 수화기를 울렸다.

방금 전 창백한 모습까지 보았으니 의심하기도 힘들 것이다. 거기다 다른 일도 아니고 일 때문이라는 핑계까지 붙였으니 듀케이먼도 크게 의심하지 않을 것이 확실했다.

—아닙니다. 솔직히 저도 중요한 일이 생겨 바로 뵐 수 있을지 확인하던 참이었습니다. 다음에 한국으로 직접 찾아갈 테니 그때 뵙도록 하죠.

"연락만 주신다면야… 쿨럭! 언제든 시간을 비워놓겠습니다. 그럼 실례하겠습니다."

전화가 끊기자 차준혁은 목을 어루만졌다.

"아우~! 목이야!"

"……."

너무도 어이없는 연기력 때문인지 짐을 챙기던 주경수와 정진우가 그런 차준혁을 빤히 쳐다봤다.

듀케이먼은 모로코를 떠나 알제리에 위치한 미토스 용병 캠프에 도착했다.

가뜩이나 황당한 연락을 받아 화가 나는데 차준혁과의 계획까지 엉망이 되어 더욱 분노한 상태였다.

"이 빌어먹을 자식!"

타탕! 탕! 탕! 탕!

그 탓에 듀케이먼은 화를 주체하지 못했다.

그는 이미 죽은 시체를 향해 사정없이 권총을 갈겨댔다. 시체는 탄환이 박힐 때마다 살아 있는 것처럼 들썩이면서 피가 흘러나왔다.

주변 용병들은 아무도 그를 말리지 못했다. 자칫 권총의 총구가 자신의 이마로 향할지도 모르기 때문이다.

찰칵! 찰칵!

"하아… 하아… 하아…….."

탄환이 다 떨어지고 나서야 듀케이먼은 깊은 심호흡과 함께 권총을 바닥으로 떨어뜨렸다.

"상황을 좀 설명해봐."

듀케이먼은 이곳에 도착하자마자 서버가 설치된 천막 보초병 중 하나를 죽인 것이다. 그 모습을 본 서버 관리관 지미는 옆에서 덜덜 떨면서 걸어 나왔다.

"그, 그게… 누군가 침입해서 제 목을 졸랐습니다."

"누군데 그게!"

"모, 모르겠습니다. 얼굴조차 보지 못했습니다."

그 순간 듀케이먼은 다른 권총을 빼들어 그의 관자놀이로 겨눴다.

"히익!"

"그렇다면 여기 있는 녀석들 모두 병신같이 침입자를 못 봤단 말이냐!"

용병들은 고개조차 들지 못했다. 그들 나름대로 용병으로서 프라이드가 있지만, 침입자를 발견조차 하지 못한 잘못은 스스로 인정했다. 때문에 맞은편에 서 있던 캠프 책임자 크라프가 나와 말했다.

"면목이 없습니다. 회장님."

퍽!

듀케이먼은 권총을 쥔 채로 그의 얼굴을 후려갈겼다.

크라프는 입가로 피가 흘렀지만 흔들리지 않은 채 고개를 돌려 쳐다봤다.

"서버가 어디까지 털린 거냐."

"……."

이번 물음에 지미는 입술을 떼지 못했다.

"말해! 어디까지 털린 거냐고!"

"저, 전부입니다."

"고객정보와 계좌, 무기 거래에 대한 자료까지?"

지미의 고개가 떨리면서 끄덕여졌다. 그로 인해 듀케이먼의 얼굴이 더욱 붉어질 수밖에 없었다.

듀케이먼에게는 미토스의 불법무기 경매를 관리하던 용병캠프의 서버와 계좌가 통째로 털린 상황이었다.

엄청난 금액은 둘째 치고, 고객에 대한 기밀정보가 새나갔다. 그것이 공개된다면 미토스의 신용에 중차대한 오점이 될 수밖에 없었다. 미토스의 신용과 더불어 듀케이먼 개인의 권력이 흔들릴 수도 있었다.

"모조리 털렸다고?! 대체 어떤 자식이야! 감시카메라에
도 걸린 것이 없나?"

이번에도 크라프가 앞으로 나서서 입을 열었다.

"확인은 해봤습니다만 찾은 것은 이것이 유일합니다."

듀케이먼에게 내밀어진 것은 감시카메라 화면을 출력한
사진 한 장이었다. 그 사진에는 천막 옆으로 지나치는 검
은 인영의 모습이 흐릿하게 찍혀 있었다.

체열 감지 방지 로브를 입은 차준혁의 뒷모습이었다.

"침입자가 1명이란 소린가?"

"오히려 1명이기 때문에 가능했을지 모릅니다."

용병캠프는 외곽으로 20명, 안쪽으로 10명이 돌면서 순
찰을 돌고, 중앙 망루에서 감시가 이뤄진다. 거기다 숲으
로는 부비트랩까지 설치되어 있었다.

다수의 인원이 그걸 뚫고 들어오기는 불가능했다.

크라프도 프로용병이기 때문에 현재 주둔지의 약점을 알
고 있었다. 다만 이곳은 함부로 쳐들어올 수 있는 장소가
아니었기에 묵과하고 있었을 뿐이었다.

"그럼 서버가 외부로 털렸다면 역추적은 불가능한가?
지미! 대답해라!"

언제라도 그의 총구가 불을 뿜을지 몰랐다. 때문에 지미
는 그 물음에 눈동자와 같이 머리를 굴리기 시작했다.

하지만 딱히 떠올린 방법이 없었다.

"추, 추적을 시도해봤지만 흔적이 지워졌습니다."

"다시 접속해서 뭐든 찾아봐!"

지푸라기라도 나오길 바라는 심정이었다.

그만큼 듀케이먼은 분노에 차 있었다. 솔직한 기분으로는 용병들을 모조리 죽여버리고 싶을 정도였다.

"아, 알겠습니다."

지미는 곧장 서버가 있는 천막으로 달려 들어갔다.

목숨을 부지하기 위해서는 방금 전까지도 찾지 못했던 흔적을 어떻게든 찾아내야 했다.

그사이 듀케이먼은 여전히 격분한 표정이었다.

"게이든. 최근 알제리로 입국한 녀석들을 모조리 뒤져라. 불법이든 정식이든 이곳에 침입할 정도라면 절대로 평범한 놈이 아닐 거다. 그러니 수상한 녀석들을 모조리 찾아내!"

"지시를 따르겠습니다."

그렇게 대답한 게이든은 미토스의 기업 정보망을 돌리기 위해 위성전화를 꺼내들었다.

스스로 판 무덤으로 밀어 넣기

똑똑!

한 사내가 거대한 저택 안 중앙에 위치한 문을 두드렸다. 그러자 안에서 굵은 중년의 목소리가 들려왔다.

"들어와."

대답과 함께 사내는 문을 열고 들어갔다.

그 사내는 이번에 경찰본청 수사 1팀에 배속된 남진호였다.

"부르셨습니까."

남진호가 찾아온 이는 바로 아버지인 남송이었다. 그는 의자에 앉아 옆으로 돌아선 채로 TV를 보고 있었다.

"그래. 잘 지내고 있었느냐."

평소에 다정한 말조차 듣지 못했던 관계였다. 그런데 갑자기 안부를 물어 오니 남진호의 미간이 씰룩거린다.

"…나쁘지는 않았습니다."

"그보다 네가 해줘야 할 일이 생겼다."

역시나 남송이 그에게 안부를 묻기 위해 부를 리가 없었다. 무언가 원하는 것이 있을 것이다.

"무엇입니까? 그게……."

"저걸 보면 알 거다."

남송의 시선은 여전히 TV로 향해 있었다.

TV에서는 뉴스가 흘러나왔다. 4일 전, 경기도 화성시 인근 저수지에서 발견된 시신에 관해서였다.

[XX월 XX일 화성시 D저수지에서 발견된 시신은 N그룹 임원으로 재직 중이던 김XX 씨라고 합니다.]

[김XX 씨는 일주일 전 귀가하던 길을 마지막으로 가족들과 연락이 두절된 이후, D저수지에서 낚시를 하던 남자에게 시신으로 발견되었습니다.]

그 뉴스의 내용과 함께 남진호의 표정이 싸늘하게 굳어졌다. 아버지 남송의 요청이 무엇인지를 충분히 알 수 있었기 때문이다.

"저 사건을 수습해 달라는 말씀이군요."

"골치가 아파질 것 같아서 말이다. 최대한 조용히 처리할 수 있도록 해라."

"보통 때처럼 하면 되지 않습니까."

남진호는 그 지시를 받고 싶지 않은지 반문을 던졌다.

"싫다는 말인가?"

"그런 게 아니라 오히려 경찰이 손을 쓰면 더 시끄러워질지도 몰라서 말입니다."

핑계처럼 들릴지 몰랐지만 틀린 말도 아니었다.

보통 사건도 아니고, 살인사건인 것도 모자라 남송그룹의 임원이 죽었다. 그러한 사건을 경찰이 묻어두려 한다면 내부에서도 인식이 좋지 못할 수 있었다.

가뜩이나 최근에 경찰청장이 바뀐 후로 내부 비리에 대한 감찰까지 이뤄져서 더욱 그러했다.

"내가 그딴 것까지 알아야 하나?"

남송의 눈빛이 날카로워지자 남진호는 급히 고개부터 숙이며 대답했다.

"아닙니다. 곧바로 처리하도록 하겠습니다."

그 말을 끝으로 남진호는 저택을 나서려 했다.

거실로 나오는데 계단에서 두 사람이 걸어 내려왔다. 그들은 남진호의 형들인 남진수와 남진우 형제였다.

눈이 마주치자 두 사람의 표정이 구겨졌다. 딱 봐도 서로의 사이가 좋지 못하단 것을 알 수 있었다.

"네 녀석이 여기는 왜 일이냐?"

장남인 남진수가 묻자 남진호가 고개를 다시 숙였다.

"회장님께서 부르셔서 왔습니다."

같은 아버지를 뒀음에도 남진호는 남송을 아버지라고 부르지 못했다.

"널? 아버지가?"

"그 일 때문에 불렀나본데?"

옆에 선 남진우는 예상한 듯 그의 어깨를 툭 건드렸다. 남송그룹 임원의 시신이 발견된 뉴스를 봤기 때문이다.

"아~ 뒤처리 때문에 부르셨나보구나. 하긴. 그런 귀찮은 일은 너 같은 녀석이 해야지."

형제이면서 남처럼 차별하는 모습이 낯설지는 않았지만 그래도 기분이 좋지 않았다. 뭔가 당연하다는 듯한 말투에 남진호는 미간을 찡룩이며 쳐다봤다.

"뭘 째려봐?"

남진수가 그런 남지호의 뺨을 툭툭 건드리며 물었다. 누구든 기분 나쁠 수밖에 없는 행동이었다.

"그만하시죠. 저는 지시받은 일이 있어 돌아가겠습니다."

두 사람은 현관으로 향하는 남진호를 비릿한 미소를 지으며 쳐다봤다.

밖으로 나온 남진호는 주먹을 꽉 쥐며 저택을 돌아봤다. 한때는 아버지의 대한 애정도 있었지만, 존재조차 인정하지 않는 부성애를 나날이 느끼다보니 이제 분노마저 느껴

졌다.

하지만 그래도 아버지라는 감정 탓에 꾹 참았다.

남진호는 차에 올라타 자신이 배속된 경찰본청으로 향했
다.

사무실로 들어가자 팀원들이 손을 들어 맞이해줬다.

"여~! 왔냐?"

수사 1팀장인 박광록이 인사를 건넸다.

얼마 전까지 서울지방경찰청 강력 3팀장이었던 그는 본
래 차준혁이 앉을 뻔했던 그 자리에 앉게 되었다. 물론 혼
자서만 이동한 것이 아니었다. 다른 강력 3팀원들도 같이
수사 1팀으로 이동했다.

박광록의 인사를 본 남진호는 그저 고개만 끄덕이며 자
신의 자리에 앉았다.

"하여튼 간에… 정 없는 녀석이라니까. 다들 회의실로
모여봐라."

그 말에 수사 1팀원들이 모여들었다. 모두 자리에 앉자
박광록은 수사 자료를 펼치며 말했다.

"뉴스에서 떠들썩했던 사건 알지?"

앞으로 놓인 사건은 남진호가 남송에게 지시받은 D저수
지 남송그룹 임원 살인사건이었다.

박광록은 그 사건에 대한 브리핑을 시작하려는지 팀원들
을 쭉 쳐다보며 입을 열었다.

"피해자는 남송그룹 회계이사 김성광. 살해 방법은 교

살. 지갑이 그대로인 걸 봐서 강도사건은 절대 아니다. 그렇다면 원한이거나 다른 문제가 있겠지?"

그 물음에 강혜가 손을 들었다.

"초동수사에서 원한관계는 없다고 나오는데?"

여전히 팀장에게 반말로 물었다. 상당히 건방져 보이는 그의 모습에 다른 팀원들이 키득거렸다.

"그렇다면 다른 문제겠지. 우리는 그걸 수사해서 알아내야 하고 말이야."

"하아… 쉽지 않은 사건이 걸렸네요."

테이블 끝자리에 앉아 있던 이동형이 한숨을 내쉬었다.

그동안 수사 1팀으로 있으면서 어렵지 않았던 사건만 도맡았기 때문이다.

"그럼 네가 경찰청장하든가. 아무튼 남송그룹 내에서 불화가 있었을지도 모르니 하나하나 파보도록 하자."

"미치겠군. 이것들이 전부 코퍼레이션 미토스와 불법적으로 거래한 국가들이란 말입니까?"

IIS의 초대국장이 된 주상원은 회의실에서 차준혁과 함께 자료들을 확인했다.

"맞습니다. 거래국은 내전 중인 지역으로 무기와 군사시스템이 수출되었죠. 거기다 미토스가 주도하여 내란을 일으킨 국가도 있습니다."

"어떻게 이런 일이……."

결국 일국의 내란조차 한 기업의 손에 놀아나는 꼴이나 마찬가지였다. 해당국들은 그것도 모르고 한민족끼리 총구를 겨누고 있었다.

"지금에 와서 내란을 막을 길은 없습니다. 하지만 이번 일로 당분간 거래는 힘들어질 겁니다."

무기 거래에 쓰인 계좌까지 털어 갔으니 미토스로서는 상당한 피해였다. 물론 미토스의 자금이 그것만은 아니었지만 무기나 군수 시스템의 거래에 기업 자금을 함부로 운용할 수 없었다. 당연히 한동안 비밀 자금을 다시 축적하는데 힘쓸 것이 분명했다.

"그래도 가만히 둘 수는 없지 않습니까."

미토스 정도의 기업이라면 다시 불법 자금을 축적하는데 오래 걸리지 않을 것이다.

그사이 차준혁은 해야 할 일이 많았다.

"먼저 처리해야 할 일이 있어서요."

차준혁은 그렇게 말하며 자료화면을 돌렸다. 이번에는 최근에 미토스가 거래한 군수 시스템 내역이었다.

"남송과 해명이 정말로……."

원래 모로코 작전의 원인 중 하나는 남송그룹과 해명그룹이 듀케이먼과 거래했단 사실을 증명하기 위해서였다. 처음에는 차준혁의 정황증거만 있었다. 반면에 지금은 미토스가 두 그룹의 대리인에게 거금을 넘긴 계좌 흔적까지 명확하게 나와 있었다.

"하지만 듀케이먼을 잡아 넣을 수 없다면 남송과 해명도 함부로 건드릴 수 없죠. 오히려 역공해 올지도 모릅니다."

무기 거래에 대한 증거가 드러났을 뿐이다. 하지만 해당 거래자가 듀케이먼으로, 국내에 있는 사람도 아닐 뿐더러 해외에서도 너무나 유명했다.

사건이 국제적인 문제로 커질 것이다. 미국에서는 당연히 자국 경제의 주축 중 하나인 미토스를 감쌀 것이다. 우방국인 한국으로서는 난처할 수밖에 없었다.

"그럼 어쩝니까?"

"IIS에서는 다시 시스템 구축에만 전력을 다해주세요. 지금부터는 모이라이에서 맡겠습니다."

주상원은 공직에서 물러나 IIS 국장이 되었다.

대외적으로 나설 위치가 아니기 때문에 그림자로만 움직일 수밖에 없었다. 거기다 조직이 아직 완성되지 않아서 시간이 필요했다.

"어차피 이번 일은 차 대표님께서 주도한 것이니 부탁드리겠습니다. 도움이 필요하시면 언제든 말씀해주세요."

주상원 국장은 그렇게 말을 마치고 회의실을 나섰다.

밖에서 대기 중이던 주경수와 경호원들이 들어왔다.

"집으로 돌아가시겠습니까?"

밤늦게 한국으로 귀국하여 곧장 IIS 본부로 왔다.

주경수는 차준혁이 피곤할 거라 생각했기에 대답을 기다렸다.

"아니. 나머지 좀 확인하고 돌아갈 거야."

"너무 무리하시는 것 아닙니까?"

차준혁은 알제리 작전을 마치자마자 듀케이먼 때문에 다급히 숙소로 돌아왔다. 거기서 끝이 아니었다.

"괜찮아. 자료가 많으니 빨리 확인부터 해야 해."

"알겠습니다. 그럼 저희는 밖에서 대기하겠습니다."

"어딜 가?"

"예⋯⋯?"

밖으로 걸음을 옮기려던 주경수는 멈춰 섰다.

"같이 확인해야지. 다들 국내에서 거래된 내역만 모두 추려내줘."

"하지만 그런 작업은 정보팀에서 해야 하는 것 아닙니까?"

미토스의 거래 자료는 며칠 안에 끝나지 않을 정도로 방대했다. 차준혁을 포함해 5명이 확인하기에는 얼마나 걸릴지도 몰랐다. 주경수의 말처럼 정보팀에서 맡아야 빨리 끝날 수 있었다.

"다들 퇴근한 상태잖아. 지금 당장 궁금한 자료들이 있어서 그러니까 바로 시작하자."

주경수와 더불어 경호팀원들의 표정이 어두워졌다.

툭하면 야근하는 모이라이 정보팀의 심정이 이해되는 순

간이었다.

"자! 자리에 앉아주세요!"

차준혁이 재촉하자 다들 축 처진 표정으로 노트북이 마련된 자리로 앉았다.

신지연은 오늘도 출근하고 한숨부터 흘러나왔다.

"후우……."

모로코로 간 차준혁이 걱정되었기 때문이다. 물론 틈틈이 연락을 주고받긴 했지만 그곳에서 무슨 일이 벌어지는지 정확하게 알지는 못했다.

포럼 기간 동안 머물 것이라고 들었다.

그런데 한 달이나 되다보니 보고 싶을 뿐이었다.

띵!

그때 엘리베이터가 도착하는 소리와 문이 열렸다.

"대표님!"

그쪽으로 시선을 돌렸던 신지연은 엘리베이터에서 나온 차준혁을 보고 깜짝 놀랐다.

"오랜만이에요."

그가 본래 귀국 일정보다 2주나 빨리 들어왔다. 때문에 다른 비서들도 놀란 표정으로 차준혁을 쳐다보았다.

"어떻게 되신 거예요?"

"급하게 들어와야 할 일이 있어서요. 별일 없었죠?"

차준혁은 그녀를 꼭 안아주고 싶었지만 보는 눈이 많아 그러지 못했다. 그래서 인사를 마치며 자신의 방으로 걸어 들어갔다.

신지연은 놀란 표정을 뒤로하고 싸늘해진 표정으로 그의 뒤를 따라 방으로 들어섰다.

쾅!

문이 닫히는데 엄청난 소리가 들렸다. 이번에는 차준혁이 깜짝 놀라 동작을 멈춘 채 그녀를 봤다.

그녀는 여전히 싸늘한 표정이었다.

"왜… 그래요?"

"귀국했으면서 왜 연락도 없었어요? 언제 들어온 거예요? 방금 귀국하신 거예요?"

"어젯밤에요. 급하게 귀국하느라 어쩔 수 없었어요."

"전화 정도는 할 수 있었잖아요."

차준혁이 모로코에 가 있는 2주 동안 신지연은 노심초사했다. 가뜩이나 차준혁은 위험을 피해도 모자랄 판에 오히려 뛰어드는 성격이니 더욱 걱정될 수밖에 없었다.

"정말 미안해요. 급하게 돌아오자마자 IIS에 들어가서 확인할 일이 있었어요."

"그럼 집에도 안 들어갔다가 온 거예요?"

지금 보니 차준혁은 정장 차림임에도 옷깃이나 소매가 깨끗해 보이지 않았다. 대강 2~3일은 계속 입은 듯했다.

그녀의 말대로 차준혁은 귀국하자마자 IIS에 들러서 해킹한 정보를 분석하고 걸러내는 데 밤을 꼴딱 샜다.

그 후 아침에 바로 본사로 출근했고 말이다.

"어쩌다보니까요. 하하하……."

차준혁은 민망함에 머리를 긁적이며 웃었다.

"아무리 그래도 그렇지! 더러워진 옷도 안 갈아입고 돌아다녀요?"

"아… 이거요?"

신지연은 속이 상했는지 싸늘했던 분위기를 풀면서 가까이 다가왔다.

"대표님이 이러고 다니면 사람들이 비서 욕하잖아요."

그 순간 차준혁은 그녀의 허리를 감싸 품으로 당겼다.

깜짝 놀란 신지연은 눈을 깜박이며 그를 올려다보았다.

"왜, 왜 이래요?"

"보고 싶었어요."

"칫!"

그의 진심 어린 한 마디에 그녀는 화가 풀리는지 볼을 부풀리며 시선을 살짝 돌렸다.

"정말 어쩔 수 없었어요."

그 말과 함께 차준혁은 신지연에게 키스하려 했다.

"위험한 일은 하지 않았죠?"

입술이 맞닿으려는 순간 그녀가 물었다.

"그건……."

신지연의 화를 겨우 풀 수 있었다.

그런 상황에서 차준혁은 차마 100명도 넘는 용병캠프로 혼자 잠입했다고 말할 수는 없었다.

"설마… 한 거예요?"

"조, 조금요. 아무 조금 위험한 일을 했어요."

"제대로 말하지 않으면 주 비서한테 물어볼 거예요."

신지연도 현재 상황을 잘 알고 있었다. 거기다 차준혁의 공식 애인이니, 주경수라면 그녀에게 모든 것을 털어 놓을 지도 몰랐다.

"그게…….."

결국 언제가 되었든 신지연이 다 알게 된다는 말과 같았 다. 그래서 차준혁은 어쩔 수 없이 사실 그대로 털어 놓을 수밖에 없었다.

자초지종이 그렇게 설명되자 풀렸던 신지연의 싸늘함이 다시 불기 시작했다.

"어떻게 그럴 수 있어요!"

"저밖에 할 수 있는 사람이 없어서 어쩔 수 없었어요."

결국 신지연은 다시 찬바람을 쌩쌩 불어대며 한 걸음 뒤 로 떨어졌다.

"절대로 안 한다고 했잖아요."

"하지만…….."

"용서할 때까지 1m내로 접근금지예요!"

차준혁은 그녀가 보고 싶었던 만큼 꼭 안아주고 싶었다.

그런데 자신의 일로 상황이 이렇게 되니 속상했다.

"정말 이러기예요?"

"저 진짜로 화났어요."

"하아……."

"돌아오셨으니 업무 정리부터 할게요."

말을 마친 신지연은 밖으로 나갔다. 혼자가 된 차준혁은 자리에 주저앉으며 TV를 틀었다.

뉴스만 집중적으로 틀어주는 채널로 맞춰져 있었다.

TV에서는 D저수지 N그룹 임원 살인사건을 보도하고 있었다.

"N그룹 임원 살인사건?"

그것이 남송그룹이란 것을 알 수 있었다.

차준혁은 그것을 보며 회귀 전의 기억을 떠올려봤다. 과거에 벌어졌던 사건을 찾아보기 위함이었다.

"그 사건이구나."

본래 미래에서도 발생했던 사건이었다.

하지만 당시에는 회계이사 김성광을 죽인 피해자가 확실하게 잡혔다. 범인은 김성광 이사의 운전기사인 민재식으로, 과도한 폭행에 의한 정당방위였다고 진술했다.

평소에도 욱하는 성격을 참지 못해 툭하면 주먹과 발길질을 일삼았다고 주변 사람들을 통해 증언되었다.

문제는 거기서부터 시작이었다.

"나중에 바뀔 사건의 이름은 남송그룹 회계장부 분실사

건이었지."

지금은 사건발생 초반이라 드러나지 않았다.

이후에 김성광 이사가 그룹의 회계장부를 소지하고 있었다는 증언이 나오면서 문제가 된 것이다.

"며칠 뒤면 검찰에서 난리겠네."

그 장부는 남송그룹의 분식 회계장부였다. 기업 계열사의 사업운영 중 사라진 자금만 무려 500억이다. 그것에 대한 내역이 기록되어 있다고 알려져 있었다.

다만 김성광 이사가 살해되고, 장부마저 먼지처럼 사라져버려서 누구도 손을 쓸 수 없었다.

"이거… 남송이 스스로 무덤을 파주는 건가?"

골드라인 중에 한 기업인 남송그룹이었다. 그들은 자신들을 차준혁이 노리고 있단 사실조차 몰랐다.

일단 남송그룹에서는 이번 사건을 미래에서처럼 수습하려 할 것이 분명했다. 차준혁은 그것을 노릴 생각이었다.

"알제리에서 얻는 정보랑 짬뽕하면 엄청나겠는걸. 물론 사건에 개입을 좀 해야겠지만 말이야."

혼잣말과 함께 차준혁의 입가에는 미소가 걸렸다.

"아! 그 전에 옷부터 갈아입어야지!"

차준혁은 방금 전 신지연에게 들었던 잔소리를 생각하며 사무실 옷장에 준비된 셔츠와 정장으로 갈아입었다.

준비를 마친 그가 밖으로 나가자 신지연은 곧바로 자리에서 일어났다.

"또 나가시게요?"

아직 화가 안 풀렸다. 그럼에도 잠깐이나마 눈을 붙이길 바라였던 차준혁이 또다시 나왔다.

"경찰청에 갔다 오려고요."

"거긴 왜요?"

"중요한 사건이 터진 것 같아서요. 그래도 옷은 갈아입었으니 한 번만 봐줘요."

차준혁이 양손을 모아 부탁하자 주변에 있던 비서들은 영문을 몰라 고개가 갸웃거렸다. 기업의 대표를 비서가 잡고 있는 상황이니 한편으로는 웃길 수도 있었다.

몇몇 비서들은 입을 가린 채 키득거렸다.

잠시 고민하던 신지연은 수첩을 챙겨들었다.

"알았어요. 그럼 같이 가도록 해요."

"예?"

미처 동행할 거라 생각하지 못한 차준혁은 그녀에게 반문을 던졌다.

"저는 대표님 비서잖아요. 그럼 당연히 같이 움직여야죠. 안 그래요?"

"아… 그건 그렇죠."

두 사람은 그렇게 회사를 나섰다.

서울지방경찰청 형사과장이던 임석주는 강력 3팀원들과 마찬가지로 본청 수사과장으로 발령을 받았다.

　임석주는 사무실에 있다가 차준혁의 갑작스런 방문에 놀라고 있었다. 거기서 끝이 아니었다. 갑자기 방문한 차준혁이 내민 제안을 듣고 더욱 놀랄 수밖에 없었다.

　"직접 수사고문을 맡아주신단 말씀이십니까?"

　"예. 앞으로 수사에 난항이 있을 경우, 도움을 드리겠다는 말입니다."

　지금 차준혁은 겨레회와 모이라이, IIS의 일만으로도 정신없이 바빴다. 그런데 또 일을 늘리려 하니 임석주는 먼저 걱정부터 되었다.

　"맞아요. 지금도 바쁘시잖아요. 더 이상 늘리시면 안 돼요."

　신지연도 차준혁을 말렸다.

　비서인 것을 떠나 그를 사랑하는 사람으로서 무리하는 모습을 보고 싶지 않았기 때문이다.

　"제가 사건에 개입하려면 특별수사고문인 직책이 제일 적격이라서 그래요."

　2016년과 달리 과거에는 민간인이 수사에 개입하는 것을 금했다. 경찰이란 집단이 폐쇄성이 짙었기 때문이다.

　그것은 검찰도 마찬가지였다. 수사를 자력으로만 해결해야 한다는 진부한 의무성이 그만큼 강력했다.

　하지만 미래에는 민간인이 수사에 개입했다.

프로파일러 시스템.

인간 및 범죄심리학을 전공으로 연구한 사람이 범행 윤곽을 잡아 도움을 준다. 향후 경찰이 도입하기 시작하여 여러 방면으로 효과를 보여주었다.

차준혁은 그것을 좀 더 당겨서 자신이 쓰려 했다. 물론 신지연은 스스로 일을 늘리는 그가 이해되지 않았다.

"대표님이 사건을 해결하실 필요까지는 없잖아요."

"아니요. 특히 이번에 벌어진 사건은 제가 꼭 개입해야만 해요."

"이번 사건이요?"

신지연이 고개를 갸웃거리자 조용히 지켜보던 임석주가 물었다.

"그래주시면 저희야 좋지만… 무슨 사건을 말씀하시는 겁니까?"

무엇보다 차준혁의 사건 해결 능력은 강력 3팀에 있었을 때 충분히 입증되어 신뢰할 수 있었다.

"남송그룹 임원 살인사건 입니다."

"그 사건이라면 본청 수사 1팀이 맡고 있습니다만… 왜 그러십니까?"

차준혁이 그 사건에 관심을 보이자 임석주는 고개를 갸웃거렸다.

물론 골드라인이란 조직에 대해서 그도 알고 있었다.

남송도 그 골드라인에 포함되기 때문이지만 이번 살인사

건은 그것과 관계 있어 보이지는 않았다.

"보통 직원도 아닌 회계이사인 임원입니다. 혹시나 내부에서 좋지 못한 일로 발생된 사건일지도 몰라서요. 제가 볼 때 이번 사건은 제대로 해결해야 합니다."

골드라인을 잡기 위해서는 틈이 필요했다.

그것은 대한민국과 겨레회, 미래를 위해 꼭 이뤄야만 하는 차준혁의 목표였다.

지금도 모이라이에서는 골드라인을 무너뜨리기 위한 작업을 진행 중이었다. 그런데 이번 사건으로 틈을 만들 수 있다면 일석이조가 될 수 있었다.

"대표님. 정말 맡으시게요?"

"방금 전에 말했잖아요. 꼭 해결해야 한다고요."

신지연은 더 이상 말려도 소용없다고 생각했다.

그래서 고개를 푹 늘어뜨리며 한숨을 내쉬었다.

"휴우… 대신 무슨 일을 하시건 혼자서 움직이진 마세요. 알았죠?"

"알았어요. 그럼 사건을 맡은 수사 1팀으로 바로 가볼까요?"

자리에서 차준혁이 일어나자 임석주가 웃으며 말했다.

"무리하는 애인 때문에 신 비서님께서 고생이 많으시겠습니다."

임성주와 신지연은 원래부터 잘 알고 지내던 사이였다. 그래서 지금 상황을 놀리는 것이다.

"아저씨!"

어차피 신지연은 이제 경찰이 아니었기에 발끈하면서 소리쳤다.

"허허허. 빨리 안내해드리죠."

이에 임석주는 도망을 치듯이 앞장서서 그들을 수사 1팀으로 데려다주었다.

수사 1팀은 남송그룹 임원 살인사건으로 정신이 없었다. 원한을 가진 용의자도 추려내지 못해 열심히 뛰어다니는 일만이 전부였다.

그로 인해 박광록은 수북이 쌓인 서류를 보며 한숨만 내뱉었다. 다른 팀원들도 갈피가 잡히지 않아 앞이 막막할 뿐이었다.

똑똑!

그사이 임석주가 문을 두드렸다.

팀원들은 그를 보고 자리에서 벌떡 일어났다.

"수사과장님이 여긴 어쩐 일로……."

임석주의 등장과 함께 뒤로 서 있는 차준혁과 신지연도 볼 수 있었다.

"준혁아!"

"둘이 웬일이야!"

모두들 두 사람을 보고 가까이 다가왔다. 그러자 뒤로 밀려난 임석주가 헛기침을 하며 쳐다보았다.

"큼! 큼!"

지금 차준혁은 일개 형사가 아닌 모이라이의 대표였다. 너무나 허물없는 모습이 실례라고 생각한 것이다.

"아… 죄송합니다."

박광록은 팀원들을 살짝 물리며 조심스럽게 말했다.

"갑자기 왜 이러세요. 그냥 평소처럼 대해주서도 괜찮습니다."

그 대답에 박광록과 팀원들의 시선이 임석주에게 향했다. 눈빛으로 괜찮은지를 묻는 것 같았다.

"어쩔 수 없죠. 하지만 차 대표님께 너무 실례되는 행동은 주의해주세요."

"그보다, 어떻게 같이 오신 겁니까?"

"차준혁 대표님께서 특별수사고문을 해주기로 하셨습니다. 앞으로 난항을 겪는 사건에 대해 조언을 주실 테니 적극적으로 협조해주시면 됩니다."

모두 그 설명을 듣고 깜짝 놀랐다.

반가움과 더불어 신기할 수밖에 없었다.

"정말이야?!"

차준혁은 화이트보드에 붙은 남송그룹 임원 살인사건의 자료를 가리켰다.

"예. 물론 이번 사건도 도와드릴 겁니다."

"저는 이만 돌아가보죠. 사건에 대한 수사 보고는 주기적으로 부탁드립니다."

팀원들은 방을 나선 임석주에게 경례를 올렸다.

그가 나가자 분위기가 다시 시끄러워졌다.

차준혁은 팀원들에게 둘러싸여 있다가 책상에 앉아 있는 한 사람을 발견했다.

"혹시… 남진호?"

이동형이 차준혁에게 어깨동무를 하며 말해줬다.

"저 녀석을 이제야 알아봤냐?"

"반갑다. 나도 수사 1팀이다."

뭔가 서먹해진 분위기 사이로 남진호가 손을 내밀어 악수를 청했다.

"그래. 반갑다."

더 이상 무슨 말을 해야 할지 몰랐다. 박광록이 그렇게 묘해진 분위기를 이상하게 생각했는지 입을 열었다.

"아무튼 수사에 도움을 주러 왔으면 빨리 봐줘라. 여기서 어떻게 해야 할지 모르겠다."

사건이 이관된 지 며칠이 지났음에도 진척이 없었다.

대기업 임원이 죽은 사건이기 때문에 세상의 이목은 이미 집중되어 있었다. 그런 상황에서 표면적인 진행이 없으면 경찰로서는 얼굴을 들기 힘들었다.

"흐음……."

차준혁은 테이블에 앉아 자료들을 쭉 훑어봤다.

피해자인 회계이사 김성광은 귀가 중 실종되었고, 사체가 저수지에서 발견됐다. 그렇다면 누군가 납치를 했다는

가정이 제일 유력했다.

"혹시 운전기사는 조사해보셨나요?"

"운전기사 민재식? 사건 당일에는 피해자가 직접 운전한다고 지시받아 먼저 퇴근했다고 하던데?"

거기까지는 차준혁이 알고 있던 미래와 같았다. 물론 뒤로 이어질 상황도 마찬가지로 알고 있었다.

"그럼 퇴근 후의 행적은 조사해보셨어요?"

"집에 있었다고 하던데? 다른 가족은 딸의 유학으로 모두 해외에 있어서 혼자 거주 중이고 말이야."

"기러기 아빠라… 유학이라면 돈이 많이 필요하겠네요. 운전기사 월급으로는 감당하기 힘들 텐데요."

차준혁은 거기서 멈추지 않고 계속 입을 열었다.

"피해자의 차량은 저수지 인근에서 발견됐네요. 그럼 내비게이션은 분석해보셨어요?"

"이동 경로는 딱히 문제가 없었어."

차준혁은 경로에 대한 서류를 찾아보았다. 그러나 박광록의 설명과는 달리 이상한 점을 발견했다.

"퇴근하고 귀가한다는 사람치고는 경로가 무척 많지 않아요?"

피해자의 집은 송파구 가락동이고, 남송그룹 본사는 잠실이었다. 차로 약 20분 거리인데 중간에 3곳의 경유지가 더 있었다.

이후 피해자는 집으로 귀가하지 못하고 실종되어 사체로

발견되었고 말이다.

"그건 실종당한 후 행적이잖아."

"제가 보기에도 그런 것 같은데요."

박광록의 대답처럼 신지연도 그렇게 생각하는지 고개를 끄덕여 보였다.

"경로에 대한 CCTV는요?"

"그건 여기."

차준혁은 그가 내밀 CCTV CD를 받아들고 재생시켰다. 초감각을 사용해 빨리 돌려보면 좋겠지만 그러지 못했다. 지금 당장 전부 확인하기는 힘들어 사건의 핵심이 되는 CCTV만 찾았다.

다른 사람들은 흐릿한 화면 안에 뭐가 있는지 몰랐다.

그래서 차준혁은 품속에서 USB를 하나 꺼내 노트북에 꽂아 넣었다.

"그건 뭐야?"

"이번에 MR테크에서 개발한 영상 분석 프로그램입니다. 사진을 선명하게 만들어줄 거예요."

차준혁이 IIS 시절 사용했던 프로그램의 아이디어를 이지후가 만들어준 것이다.

프로그램이 실행되자 흐릿한 영상이 선명해졌다.

그러면서 차량의 종류와 무게, 타이어 압력에 의한 탑승 인원을 추측해주었다.

"이것들은 뭐고?"

"예상 탑승인원이요. 트렁크에 사람 무게만 한 짐이 없다면 2명으로 나오네요."

"2명? 하지만 운전기사가 퇴근하고 혼자 운전했으면… 1명이어야 하잖아."

일반 프로그램이라면 신뢰하기 힘들지만 차준혁이 가져온 것이라 믿을 수밖에 없었다. 거기다 MR테크는 국내에서 급상승 중인 군수업체이니 믿음이 갔다.

"누군가 더 타고 있었다는 거겠죠. 남송그룹 본사 지하주차장 CCTV는 당일 점검 중이라고 했던 가요?"

실상 김성광이 직접 운전했다는 증거가 없었다. 운전기사의 증언과 귀가 중이라는 연락만 가족이 받았기에 추측된 상황이었다.

그 밖에 증거가 없다보니 수사 1팀도 다른 상황에 대해 생각하지 못했다.

하지만 지금은 다른 상황을 추측할 증거가 나왔다.

"맞아. 그렇다고 했어."

"너무 절묘한 점검 타이밍이네요. 어째… 남송에서 그렇게 만든 이유가 있을 것 같은데요?"

의심은 의심을 산다. 상황이 애매하면 그 안에 내포된 상황을 더욱 의심하게 될 수밖에 없었다.

물론 그것에 관한 확신이 있어야 한다.

그리고 바로 그 확신을 지금 차준혁이 만들어주었다.

"이거 남송그룹의 CCTV를 좀 더 확인해봐야겠는데?"

박광록은 의문점이 커진 듯했다.

바로 차준혁이 노린 수였다. 그래서 다른 자료도 살펴보다가 남송그룹의 대한 수사 자료를 찾았다.

"혹시 최근에 검찰에서 남송을 노린다는 소문이 있던데… 아십니까?"

"검찰에서 남송을 왜?"

"그저 소문이지만 남송그룹 본사에서 분식 회계를 했다는 정황이 있어 극비리에 조사 중이라고 합니다."

아무런 일도 없이 소문만 날 리가 없었다. 거기다 실제로 그런 소문은 있지도 않았다.

차준혁은 그렇게 자신만 알고 있던 미래의 일을 소문이라고 말했다. 그리고 검찰에서는 진짜 남송그룹을 극비로 조사하는 중이었다.

"분식 회계? 그럼 혹시… 피해자인 김성광이 그 일로 죽임을 당했다는 건가?"

"사건을 좀 더 수사해봐야 알겠죠."

박광록의 물음에 차준혁은 어깨를 으쓱거렸다.

그 이상 설명하기에는 아직 증거가 부족했기 때문이다.

'응…? 저 녀석의 표정이 왜 저러지? 설마 이번 사건에 연루되어 있는 건가?'

한순간 남진호의 미간이 구겨졌다 펴졌다.

시선을 돌리다 그 모습을 본 차준혁은 의문이 들었다.

하지만 그와 남송그룹의 관계는 알고 있었다.

남송 회장의 혼외자식 남진호.

대외적으로 그 관계는 누구도 몰랐다. 차준혁도 IIS에 있으면서 남송그룹의 약점 중에 하나로 알아낸 정도였다.

거기다 남송그룹이 이번 사건을 덮는다면 수사팀에 있는 남진호에게 지시를 내렸을 것이다.

'정말 그런 상황이면… 미처 신경 쓰지 못했지만 감시할 녀석을 하나 더 추가해야겠네.'

미래에서 남진호와 남송의 부자관계는 최악이다. 혼외자식이라는 약점만 될 뿐, 남송이 이익을 보기 힘들었다.

"준혁아! 진짜 고맙다! 네 덕분에 수사가 진척될 수 있을 것 같다."

박광록은 정체 중인 사건의 갈피가 잡히자 차준혁의 어깨를 주무르며 고마워했다.

"정말로 피해자와 분식 회계가 관련 있다면 수사 1팀의 전력만으로는 힘들지도 모릅니다."

검찰에서 극비리에 수사 중인 만큼 사건의 경중이 달라지기 때문이다.

지금 드러난 사실도 검찰의 귀에 들어가면 사건을 강제로 빼앗아 갈지도 몰랐다.

"하긴. 검찰에서 정말 수사 중이면 그럴지도 모르지. 너희들도 잘 들어라. 용의자가 명확해질 때까지는 오늘 본 것, 들은 것은 전부 비밀이다."

경찰청과 검찰청의 사이는 여전했다.

거기다 팀원들도 형사로서 자신들이 맡은 사건을 검찰로 뺏기고 싶지 않았다. 그래서 고개를 끄덕이며 박광록을 쳐다봤다.

"일단 더 막히면 도움을 요청하마. 괜찮지?"

"알겠습니다. 일단 도움이 되있다니 다행이네요. 아! 이 프로그램은 비밀입니다! 아직 사용 통과가 된 프로그램이 아니라서요."

차준혁은 대답과 함께 노트북에서 프로그램 사용 기록을 완전히 지워버렸다.

남진호는 고요한 복도 끝에서 다급한 표정으로 전화를 걸었다.

뚜루루루… 딸칵!

신호음과 함께 상대방이 전화를 받았다.

—무슨 일이십니까?

남송 회장의 비서인 구대훈이었다.

그는 차분한 목소리로 남진호의 대답을 기다렸다.

"중요한 사항이 있습니다. 회장님을 바꿔주실 수 있으십니까?"

—지금 회장님께서는 중요한 오찬 모임 중이십니다. 제게 말씀하시면 전달해드리도록 하겠습니다.

"지금……!!"

소리를 지르려던 남진호는 급히 마음을 진정시키며 목소리를 줄였다.

"검찰에서 남송그룹을 노린다는 소문이 있답니다."

―그게 무슨 말입니까? 검찰에서요?!

전화를 받던 구대훈은 자리를 옮기는지 잠시 침묵이 이어지더니 다시 입을 열었다.

―자세히 말씀해보세요. 검찰에서 우리 남송을 노리고 있다는 게 무슨 말입니까?

"일단 소문이라고는 하지만 극비로 수사 중이랍니다. 그리고 이번에 죽은 김성광 회계이사가 남송그룹 분식 회계와 관련됐단 추측이 수사팀에서 제기됐습니다."

남진호는 분식 회계에 대해서 몰랐다.

하지만 차준혁이 CCTV영상을 분석한 모습과 소문이라는 추측으로 그 또한 의심이 들었다.

회계이사 김성광이 아무런 이유도 없이 죽었을 리가 없기 때문이다.

거기다 남송 회장이 사건을 조용히 마무리하라 지시했으니 가능성도 충분했다.

―일단 회장님께 보고를 올리겠습니다. 남 형사님은 차후 상황에 대해서도 알려주시길 바랍니다.

전화는 그렇게 끊겼다.

구대훈도 남진호가 남송 회장의 서자라는 사실을 알고

있었다.

　그럼에도 도련님이란 취급조차 받지 못했다.

　남진호는 쓸쓸함을 安고 주먹으로 애꿎은 벽만 쳤다.

　쿵!

〈다음 권에 계속〉